中華美食

詩詞集 下冊

鳳麟 著

前　言

　　在中國的傳統美食的分類中，除了成千上萬各種美味菜肴和各種不同的葷素湯羹之外，我們的主食，也就是所謂的「大米，白麵，五穀雜糧」也是一個值得大書特書的重要內容。

　　主食，顧名思義，這就是我們的主要食物。也就是我們人類賴以生存的最主要能量的來源，這是我們用以維持生命的一種生理上的基本需要。眾所周知，人類在地球上，需要進行各種不同的活動。需要工作，學習，交往，娛樂等等，而所有這一切都是需要能量的。人體內的能量，是我們從事一切的希望。生命中的能量是延續我們生命，改變我們的生存環境，提高我們的生活質量，乃至於改變地球的生態環境的希望。人類失去了能量，人類便失去了生命。由此可見，主食，是維繫我們人類在地球上生存和繁衍的主要源泉，也就是所謂的「食糧」。

　　自人類在地球上出現以來，在一個不太長的時間裏，原始的人類就認識到了糧食對於生命的重要性。所以，象稻米、小麥、玉米、以及一系列可以作爲主食的，或者說一大批含有澱粉類的植物的種子被發現後，人類的生存問題開始有了基本的保障。將其大範圍種植那就是一種必然的選擇。

這些，在中外的考古的研究和挖掘中都已經被證明，都是遠古的事實。在湖南，江西，以及浙江的古墓中人們發現了超過一萬年的古代稻穀。這就說明，作爲主食，稻米對於人類是何等的重要。同樣，在西方，小麥，大麥以及類似的植物種子在古老的岩畫和壁畫中也早已被發現。這些，都直接的證明瞭，在人類生存和繁衍的長河之中，吃，是第一個重要的事情。而在吃的問題上，主食又是重中之重。可以說，沒有主食的發現，就沒有我們人類的今天，也不可能有我們人類的未來。

　　直至今日，以及在可以預見的未來，主食，作爲生命之糧，作爲我們人類生存的基礎的地位，依然是不會改變的。

　　經過千萬年的演變，無論是早期的人類，還是現代的人們，爲了生活的美好，爲了全人類的健康，對於在飲食中有著重要作用的主食及其製作方法。也進行了大量的研究，無數次的變更，演變和創新。已經發展出了一系列的主食製作方法和工具，以及相關的各種設備。從而，已經從根本上將主食的製作和生產，科學化，系統化了。現在，在世界的各個不同的國家，地區，依據人們對不同的生活習慣，不同的生活條件，不同的環境特點，以及能夠獲得的不同的主食種類，在不同的地區便形成了不同的地域主食習慣。這一切，都說明瞭，時代進入到了二十一世紀，人們對於人類食物中的主食，也是同樣在以自己的方式進步著。這當然是很自然的事。

　　對于具有悠久歷史和光輝的文化底蘊中華民族，對於主食的講究，一丁點也不亞於我們的千萬種美食菜肴。儘管我

們的主食，在品種和數量上相對簡單一些，但是，就是這些簡單的五穀雜糧，在聰明智慧的中華兒女的手中，也同樣迸發五花八門，豐富多彩的極爲燦爛的輝煌。

在中國，由於地理和氣候的差異，南北生長的作物各不相同。所以，北方人因爲氣候和水利等自然資源的不同，以玉米，小麥爲主要作物，故愛吃麵食，南方人因氣候溫暖潮濕，江河湖泊等水利條件較好，故常以稻米爲主要食糧。這就是緣於地域之別而產生的歷史差異，當然，隨著時代的進步，這種差異也在經歷著新的變化。

人們現在已經清楚，所謂主食，一般是指澱粉類的食物。或者說，澱粉含量較高的食物。現代科學已經證明，無論是何種構型的澱粉，都是一種叫做「葡萄糖」的簡單分子構成的立體的大分子聚合物。當人們將這種大分子聚合物經過烹飪之後，澱粉的大分子將部分都水解成成分不同的澱粉的「碎片」，也就是聚合度不等的葡萄糖多聚體。即，我們稱之爲的「熟食」。從那一天開始，我們人類才找到了適合我們身體的食物。才能夠將這些已經被「初步破碎了的」葡萄糖的三聚體，五聚體，十聚體等等大小不等的多聚糖的分子團在我們的胃裏面，在鹽酸介質的條件下，通過澱粉酶的輔助，最終將我們的主食，無論是大米，白麵，還是其他任何五穀雜糧等主食，大體上轉化成單分子的葡萄糖。並且在胰島素的幫助下於小腸中進入血液，從而進入我們人體的各個組織，器官的細胞中氧化，爲我們人體產生能量。這就是我們人類生命中主食爲我們帶來的保障。

儘管主食的品種 不是很多，但是在數千年的人類文明

史中，對於主食的烹飪方法，製作工藝，材料的搭配、設計，也有著豐富多彩的篇章。也是值得我們高歌讚頌的輝煌的一頁。

在這個集子裏，我們大家可以領略到我們民族的主食品味的風采和豐富的文化韻味。

除此之外，在我們中國的「八大菜系」，「家常菜」和「主食」之外，在中華美食的大家庭裏，還有一個至關重要的內容，那就是享譽世界的中華美食中的「各色小吃」。

小吃，顧名思義，那不是價格昂貴「饕餮大餐」，「烹龍炮鳳」。而是反映各地鄉土氣息的地方小吃。具有「麻、辣、鮮、香」之特色；亦有「八珍異味」之風采。雖然不能個個稱之「玉盤珍饈」，卻能讓你垂咽欲滴，回味無窮！

據不完全統計。中國的各地風味小吃有超過數萬種之多。就拿同樣一種「燒餅」來說，就有數十種不同風味，不同配方，不同工藝和不同製作方法的燒餅。這一方面說明，我國地緣遼闊，文化的多樣性，另一方面，也反映了我們各地的中國人的聰明，智慧，和烹飪的技巧。也是祖先的創新精神的說明。

中國小吃的特色紛繁複雜，難以用一個簡單的分類說明清楚。在此，僅僅大致按照地域做一個分類。本書是按照中國大陸的各個省份來分類的，實際上，每個省的小吃品種都不下數百乃至上千種。我們只是隨機的抽取幾種頌而詠之。

中國小吃的特色是五花八門的。難以細說分類。在這裏，我們只能根據個人的體會，粗糙的大致分成以下幾個特點：

- 地方特色，風味多樣；
- 四季有別，講求美感；
- 就地擇食，注重情趣；
- 南甜北鹹，西辣東酸；

　　所謂小吃，是指在我國範圍內製作的中餐中，具有地域性和民俗性的、通過蒸、炸、煮、烙、煎、烤、燒、炒等烹飪技法製作的、不屬大菜類和一般主食麵點的風味飲食製品。一般說來，小吃指的是正式飯菜以外的熟食，多指下酒菜或點心鋪，大排檔，小店，茶館，街攤或流動攤販出售的熟食或飯館中的經濟膳食。當然，也可以作爲早餐選擇。事實上，全國很多地區的早餐都是有各種不同風味的小吃所構成的。

　　小吃一般售賣起點低，價格和利潤都不是很高，一般百姓都可以買得起。小吃可以作爲宴席間的點綴或者早點、夜宵的主要食品。世界各地都有各種各樣的中華風味小吃。中國小吃特色鮮明，風味獨特。小吃一般來說大部分都是就地取材，不同地區的小吃是能夠突出反映當地的物產、傳統及社會生活風貌，是一個地區不可或缺的重要特色，更是離鄉遊子們對家鄉思念的主要因緣之一。現代人吃小吃通常不是爲了吃飽，除了可以解饞以外，品嘗異地風味小吃還可以籍此瞭解當地風情。也有的人因胃口小或由於疾病不能吃得太多而選擇小吃。也有人是因爲三餐不足以供應必要的營養，需要在正餐後額外吃一些小吃補充。有相當一部分人是爲了尋找兒時的記憶，而在成年或老年之後，對兒時的喜好念念

不忘，甚至歸鄉尋找，以解鄉愁。

正是因爲如此，我們才意識到在博大精深的美食文化中，小吃，是一個十分重要的組成部分。那必然是我們用中國古典詩詞贊美的重要組成部分。

在本集子中，讀者可能會發現同一個題目會有不同的描述。比如，「擔擔麵」，在《主食》中有一首「調寄《西江月》」在描述它；在後面四川小吃部分中，又有一首《七律》也在描述它。這種情況，其實很正常。就像一個女人很美。穿上旗袍，有旗袍氣質的美；穿上婚紗，又是另一番的美。他們 不矛盾。不僅不矛盾，而且，相得宜章。沒有誰規定一個菜，一個小吃，只允許寫一首詩詞表達。即便將來有更多的詩詞作者來描述我們的中餐，那都是一個令人快樂的事情。

再說幾句「閒話」

　　各位看官，緣於幾千年來由芸芸眾生所創造的中華美食何止千萬！所以，要想完全對所有的大小菜肴，主食和小吃做出全面的詩詞描繪，幾乎是不太可能的。所以，筆者就此擱筆了。敬請諒解。

　　其實想想也有些好笑。因為古人云，「詩言志」，「詞寫情」，「曲敘事」。竟沒有一個是用來寫吃喝的。我實在是冒昧了，對我們的古代聖賢的教訓有點大不敬了。然而，我的這種「旁門左道」，可能在某些文人面前，似乎不甚「高雅」，但是，如果仔細琢磨琢磨，也沒准有點「怪石奔秋澗，寒藤掛古松」。的味道呢。

　　古代文人，以能夠吟詩做賦而風雅，所以，在我們讀到的流傳下來的古典詩詞時，一般都是表達文人的志向，或恢弘遠大，或懷才不遇，或悠閑自得，或孤芳自賞，不一而足。其內容，也大多是從大自然的風花雪月的描繪，到個人的處境情懷，有人長嘆「哀吾生之須臾，慕長江之無窮」；有人悲鳴「玉輦升天人已盡，故宮猶有樹長生」。那時的詩詞實際上是文人們發泄個人情懷的工具而已。

　　然而，所謂「詩言志」，這個「志」。也是有情的，也是有事的。古人的話也不是什麼金科玉律。詩詞歌賦，散曲

小說。都不過是一種文學的表達形式。其目的，都是爲了表達人們的思想感情。揭示世界上種種美好的，醜陋的靈魂。

　　所以，用詩詞曲牌來描繪我們老百姓心目中的「天」──中華美食，自然是合理而且有意義的了。其實，用詩詞不僅僅可以描述「中華美食」中的美味佳餚，可以描述任何人間的事物，無論美好的，還是醜陋的。在今天，人類已經進入到了二十一世紀之中了，科學，技術，社會，都有了古人無法想像的巨大的進步，那麼，在文學，藝術，以及具體到中國的古典詩詞，有什麼理由停滯不前呢？

　　所以說，凡事，「事在人爲」。關鍵是要做的好。詩詞寫得要有意境，可品味。我期待著有人能用中國的古典詩詞來描述我們現代人的生活，贊美我們今天的衣食住行、人情世故以及世間一切美好的事物，鞭撻那些社會上醜陋的靈魂和卑鄙的勾當。

　　再有，就是想說說關於「四言詩」。在本書的下冊裏，我寫了一些「四言詩」。寫完了之後，雖然很粗糙，也有些幼稚，但感覺還挺好。因爲凡事，總有個開頭嘛。

　　在中國的古代，「四言詩」只有在上古時期，從《周易》的韻語中已經有了清晰的表現。在我國最早的一部古詩集------《詩經》之中亦有進一步的展示。之後，綿延至三國兩晉時期，四言詩便漸漸少了。四言詩是以其直白，簡介表達而凸顯其特點。其韻律 無固定的安排。這也是爲什麼唐宋以來的文人不屑于此的原因之一，以至於在近十個多世紀以來，中國各朝代朝廷的科考鄉試中都 無四言詩的要求。

　　至於今天，現代文的興起，古典文學的被忽略，「四言

詩」自然就更沒有人去問津了。本人這次試著寫一些四言的詩歌，僅僅是一種嘗試。其韻腳也是隨性而發，只是個人的感覺爲標準。頗有些順口溜之嫌。其實，也無所謂了。只要表達了我想要表達的情感也就足矣了。我的感覺，七言或五言，無論是絕句，還是律詩，表達的內容一般都是比較複雜而豐富的，語言精煉而又有韻律，真可謂，言簡意賅。而四言詩的感覺卻不然，它因爲沒有句數的限制，沒有對仗，平仄的要求，就可以將所要描述的事物說的十分具體而生動。所以，我覺得，在今天古典詩詞人們不容易迅速掌握的情況下，先寫寫四言詩，也不錯。從順口溜開始，逐漸文言化，宜長則長，宜短則短。並無拘泥。最後，一定會寫出和諧，好聽而漂亮的詩歌來。

目次

小吃

北京小吃

臺灣小吃

主食

饅頭

萬載炊煙，掩月籠雲五洲靜。

戶戶樓影晃。白饃伴月，滔滔人世，芸芸百姓。

思孔明遙祭，西窗月，惠天慰馨。

千秋業，延綿華夏，饅首清流代代夢。

幽燕台前，西秦簷下，玉柱潤蒼盛。

千古文章多，頌山贊水，擁風唱雪，首空懷夢。

天下有奇冤，頭功者，無語相競。

瑤琴頌，天下有知，何日功來慶？

調寄【一寸金】二○○六年十月二日

花卷

香溢柴門繞越欄。絲絲白塔有椒鹽。

偏有蔥花生香味，邁千年。

自古花卷情各趣，流芳廚娘賽聖賢。

不必幽怨世間苦，花卷甜。

調寄【山花子】二○○一年十月十一日

豆包

嫩白如玉，香甜如蜜。
婆娑國裏有紫泥。
粘豆包，熬冬季。
朝代更迭江山去，
炊煙依舊裊，芳天際。
聞，老少喜；
嘗，眾人迷。

調寄【山坡羊】二○○一年十月二十二日

糖包

一盤圓月竟朦朧，眉點朱紅。
甜心如蜜萬千寵，潤情無聲。
形姿異立，色隨黍濃，蕩盡平庸。
偶遇團圓日，相思蜜月濃，
又一個神州英雄！

曲牌【小令】二○○二年三月一五

窩窩頭

金山金塔金窩窩，舊年怎奈何？

瓊漿玉釀不足惜，

重拾起、老話新說。

窮家口中乾糧，當今華宴貴客。

千年顛沛未悲歌，育民輔古國。

春夢秋思何須喚，

該來時，自有良禾。

撥亂時機已到，反正何須琢磨？

調寄【風入松】二〇〇三年五月九日

絲
糕

百孔金糕，潤色瑩晶，常伴乾果紅棗。
古方淵源，四海同香，軒轅萬世春曉。
養人宜胃，補中氣，龍騰今宵。
任賢人，激揚江山勢，難禦發糕。

五色粉，亮彩魅腰。
軟嫩下，老幼喜上眉梢。
爭搶笑鬧，主婦奔忙，冷卻良菜佳餚。
風雨世界，尚欣慰，美食相交。
謝菌蟲，造神籠，華人福高。

調寄【上林春】二〇〇一年六月十九日

點
心

點點溫心靈，腹餒謝糕盈。
三千年前慰祭品，代代有新鳴。
南北驚色異，甜鹹各西東。
攬卻巫山不是雲，糕點自坐中。

調寄【蔔算子】二〇〇四年九月二日

烙餅

烙饃筋軟楚漢傳，
精調百味，臨水登山。
遙思慰軍抗金時，
烙餅卷饊，條脆黃暄。
徐州花落過故關，
八路鳴芳，一脈資源。
雜面自有來如去，
東家薄脆，西屋厚綿。

調寄【一剪梅】二〇〇一年九月四日

千年餃子

南人佳餚多，北方麵食強。
花樣翻千重，餃子可稱王。
古代有聖醫，仲景善人張。
嬌耳呈百姓，美名大傳揚。
又聞南北朝，角子偃月相。
人逢過年節，家家聞餃香。
形狀像元寶，內容有新章。
豬肉酸菜餡，東北人愛嘗；
晉冀魯豫陝，豬肉大蔥香。
韭菜加雞蛋，好吃又好看。
時時有翻新，人人變花樣。
不用一一列，您可隨意享。
各色時菜蔬，搭配入餡烊。
中西來結合，新鮮又營養。
餃子包的好，烹飪有短長。
煎熔炸煮烝，其味不一樣。
餃子有大小，麵皮有厚薄。
喜好有差別，習慣隨家鄉。
世道千百年，餃子永流芳。

【順口溜】二〇〇三年三月十四日

包
子

玲瓏胖墩摺秀，內裏臥香藏肉。
諸葛智慧超人，仁宗正名於壽。
未夠，未夠，
花色依舊。

南北調寄【如夢令】二〇〇二年九月四日

懶
龍

早春二月二，
家家吃懶龍。
驚蟄勤身戲神靈，
綿軟香嫩難得儂多情。

調寄【南歌子】二〇〇一年二月二十六日

餡
餅

香香皮脆忘西東，
煎烤焗炸潤灶風。
深院高閣凝深情，
滋味濃，
不知飛雪已三重。

調寄【憶王孫】二〇〇三年九月十日

煎韭菜盒子

翠韭黃玉裹白袍，尤蝦自俏。

入油輕煎兩面焦，美味裊裊，驚著全家笑。（麼）

營養自有天公道，千年傳統神明告。

癡爹呼，麼兒叫。

我未吃飽，好吃，我還要！

調寄【正宮・小梁州】二〇〇四年十月二十一日

餛飩

鍋裏灶下升騰，堂前屋後笑聲。

各式小料齊備，只等雞湯餛飩。

調寄【三台】二〇〇五年一月九日

油條

熙熙長街，煙霧映日春曉。

眾人匆，攤邊客早。

橙黃翻滾，細妹生胖嫂。

浴金香，饗人不老。

綿松嫩脆，已是千年佳寶。

濟黎民，功高未了。

殘紅依舊，看朝霞新貌。

油條香，五洲瑰寶。

調寄【謝池春】二〇〇六年十二月一日

火燒

五花肉，拌料齊。入餡油麵著玉坯。

煎烤烘烙蒸五序，光亮脆香飄東籬。

調寄【搗鏈子】二〇〇八年二月一日

煎餅

（之一）

精黃薄酥也香，

魯人蘇北同芳，

鍋臺明月柔腸。

※亦有怡山叟心得：《浣溪沙》化《漁父引》六言成七言，
單調成雙調，過片二句多用對偶。③《漁歌子》單調，
七七三三七句式，其中三言兩句，要用對偶。④資料來
源《康熙詞譜》卷一上、三．漁父引、一體。遂賦之二首。

調寄《浣溪紗》二○○三年八月六日

（之二）

村野灶下火正旺，依稀薄霧裏餅香。

歸童鞭兒啪啪響，急趕三隻老山羊。

（之三）

焦脆綠潤黃生輝，先生懷揣路不歸。

趕考西奔三千里，煎餅伴我金榜回。

芝麻燒餅（芝麻火燒）

一抹黃，麻酥香；巷巷街邊炭火忙。
精料巧手聽落雨，漫煎輕烤走他鄉。

月兒明，嬌如餅，椒鹽脆美神仙請。
又是一年春風來，尋香八裡故人行。

調寄【搗練子】（雙調）二〇〇五年十月七日

肉夾饃

焦脆面皮裹肉碎，臘汁酥香西北醉。
小吃如人驚實厚，炫道應是自天垂。

春花千載未憔悴，滿目阡陌看鍋炊。
秦雲漫捲山河去，遊子回鄉第一追。

調寄【玉樓春】二〇一八年一月三十一日

涼皮

翠芽晶玉纏頭，麻辣香嫩嬌柔。
守信蒸涼皮，美味泛起西洲。
爽透，爽透，
再來一碗不夠！

調寄【如夢令】二〇〇三年八月三日

年糕（兩首）

（之一）

彩玉羞冰冷，金銀未有情。
冬去春來膩如粽。
惟有南國慧眼，秀玲瓏。

巧手生餘味，百果匯香凝。
南江北水催八寶，倚天行。

調寄【南歌子】

（之二）

米粉泛清香，蒸騰白黃，
鄉裡鄉外過節忙。
千年年糕暖心意，
何懼風涼？

未謀糕色揚，南北兩香，
糯粑黃米鑄華章。
江山依舊人間變，
依舊吉祥。

調寄【浪淘沙】二〇〇三年九月二十八日

腸
粉

白玉軟被薄如張，黃紅塗彩味繞梁。
匆匆早客街邊盼，
又一廂，不顧喧嘩慰饑腸。

調寄【憶王孫】二〇〇三年八月十九日

元
宵

清水元宵甜心連，千年中華風俗延。
舉目明月照千古，信手美人送浮元。
雲影拂去寒窗苦，落霞送來愛心甜。
五仁糖心竟不忘，七十老翁憶舊年。

【七律】二〇〇五年七月十五日

湯
圓

軟鮮珠玉迎冬至，曉風吹霜顧甜元。
茅屋炊煙戀浮子，豪宅風雲享美宴。
香甜滑潤人欲醉，玫沙麻香魂登仙。
何時返鄉品國粹，「夕陽樓上望長安」？

【七律】二〇〇五年七月十六日

炸糕

軟香甜脆妒淩霄，京都醉夢瑤。
白沙河畔沿街叫，燙嘴金黃糕。
博味甜歌千人舞，滿嘴亮，尤偎妖嬈。
小小糯米攀紅豆，萬古伴英豪。

調寄【月中行】二〇〇三年十一月十三日

麻花

津味纏絲脆驚煌，柔柔情意長；
酥香時分迎立夏。裏外競奔忙。

口感爽脆呷清酒，眾目盼螺裳，
齒頰甘甜拌小菜，廚娘自擔當。

調寄【月宮春】二〇〇六年一月六日

大米飯

江邊炊煙彌漫，米香苑，
人間白飯、鑄就萬古燦爛。

無人贊，永相伴，育人寰。
別有一番感慨看塵緣。

調寄【上西樓】二〇〇四年十二月九日

大米粥

上天愛人呈稻，
人類繁衍依靠。
白粥千載功德浩。

性甘味平和，
五臟會心笑。
男女老幼需要。

調寄【中呂・紅綉鞋】二〇一三年三月九日

小米粥

粟米澄黃，粒粒悠揚。
消渴益氣，脾腎安詳，
順通五臟。
攜山藥，藏百合，
棗伴玉漿。
何懼凜冽北風狂？

調寄【上小樓】二〇〇二年六月十七日

紅豆粥

紅漿糜豆泛中秋，月色羞。
謂之心穀養神州。
達人愛，賤民求，有情留。
又是何等滋味湧心頭？

調寄【上西樓】二〇〇八年五月二日

綠豆粥

豆綿皮爆染珠簾，清風送香祛濕寒。
排毒消腫清虛火，代代傳。

喝湯品粥無貴賤，山南海北爭相戀。
就算再過三千載，金不換。

調寄【山花子】（雙調）二〇〇九年七月九日

江米飯

香軟粘滑，
晶晶如玉。
南陵水鄉糯稻綠。

溫和滋補，
溫良兼具。
粘米誘出甜酒欲。

調寄【踏莎行】二〇〇八年十月九日

酒釀

酒飄柔，韻味妙，千年米酒人間笑。
坎坷紅塵艱辛路，甜綿潤世溫情浩。

秋雨夜，風蕭蕭，湯圓重滾酒香飄。
芳草不憶王孫路，青山未忘雨瀟瀟。

調寄【搗練子】（雙調）二〇〇九年五月二十日

麻團

麻仁煎堆，酥出香脆世界。
滾珍袋，絲巢圓月。
南北東西，攬球送香夜。
華人愛，山珍不屑。

轆轆新曲，神州美食仙雀。
有情懷，感恩拜謝。
祖宗脈深，又賜美味越。
品麻團，淚湧如泄。

調寄【謝池春】（雙調）二○○六年八月十六日

蔬菜粥

五色漿。
迎春雨，慰衷腸。
千年匯鄰裡，隱隱現西窗。
舟蓬愛，山柱香，
充饑潤腹歲月長。
越山珍，素裹清涼。
淡淡暖流入膏荒，
有營養，
人舒暢。

調寄【入塞】二○一一年四月二十三日

瘦肉粥

鮮肉如麈化作魂，

粳米香粥壯骨筋。

溪外又飄清香雲雨，躍追尋。

澗邊野火肉粥聞。

調寄【憶王孫】二〇〇九年九月十八日

皮蛋瘦肉粥

偉晶白玉散紅霞，艇仔粥香有人家。

蔥薑作料添鹹淡，下水雜什滾白花。

煲粥皮蛋分批粒，滾湯鹹肉呈絲下。

粵傑船民有創造，環球萬代享福華。

【七律】二〇〇三年三月十三日

各種海鮮粥

海鮮當是垂慕，山珍何須留妒？

煲粥融海味，最爲動人深處。

深處，深處，

十碗一抹上路。

調寄【如夢令】二〇〇八年八月八日

麵條

炎黃萬載千年麵，日月如梭食經燦。
銀絲暖心芳厚味，滷醬塗口秀凝鮮。
南麵細縷情牽怡，北條渾厚戀欲歡。
絲絲縷縷潤華夏，意染全球伴秋蟬。

【七律】二○一四年九月二十六日

炸醬麵

勁擀麵，豆醬香。菜碼紛紛肉丁亮。
幾瓣大蒜，兩口清湯。淹沒萬裡志向。
功名利祿忘卻，滿足那轆轆饑腸。
舉頭濛濛美夜色，眾漢個個泛紅光。
恨明月，無緣入廳堂。

調寄【越調‧柳營曲】二○一四年五月十日

肉
絲
麵

翠葉盈汁，異香朧月。

肉絲如玉，麵條似雪。

老少歡悅。

金秋至，賞紅葉。

攬卻香麵，何懼「流光過卻」？

調寄【中呂・上小樓】二〇一一年九月二十八日

西
紅
柿
肉
絲
麵

紅添翠美，味入三重府。

絲綿暢攜潤筋骨。

攬卻南葷北素，笑嫣番茄麵滷。

肉絲祭，憑著葉綠酸母。

麵君子，美人輔。

百姓湯食，驚現蘭楚。

那日摯友，又思依面，

不嘆人情復古。

調寄【淡黃柳】二〇〇八年一月八日

打滷麵

混天攪沃，條麵裏厚味。
把盞千杯辭舊歲。
百感集，酸甜苦辣其爽，
靈之兮，憨綿香軟爲最。

碎肉戀糜湯，磨口黃花，蛋絲漣漣情郎魅。
青蔥哄豆豉，木耳瓜丁，渾湯色色鴛鴦綴。
南北縱，千味成麵滷，
東西橫，萬代臨香髓。

調寄【洞仙歌】二○○八年一月十九日

西紅柿雞蛋打滷麵

朵朵紅花攀玉練。
黃卵悠悠，幾抹翠色豔。
潤色酸湯情下伴，惹得鉤月偷眼看。

億萬佳人生日宴。
落葉年華，喜樂難相辯。
依舊春風綠荒岸，代代尤戀打鹵麵。

調寄【蝶戀花】二○○八年十一月九日

白菜木耳打滷麵

俗麵條，萬戶堂前，衍衍生生路。
令千般菜肴失色，
攜裹紅塵萬載，少老情愫。
青蔥素味百沐，葷汁魚香銷魂，
西風也欲駐步。

漣滷依，湯汁透凝亮骨，
蒼山裹綠，水面荷香，
簡約黑白妖嬈合隆，
片片真情洩露。
依稀乎！滷面萬金難度。

調寄【八六子】二○一○年一月十七日

蘭州牛肉拉麵

渾圓細絲浸紅湯，葉伴牛肉香。
馬保趙出前程路，一徑走，萬裡傳揚。
骨湯淨銜特色，麵筋尤現鋒芒。

雖說牛肉尋常物，鮮軟問涼蒼？
莫言西海少嫩綠，人滿巷，阡陌流芳。
回漢雙雄竟新河，美食一縷著華章。

調寄【風入松】二○一○年十月十八日

重慶麻辣小麵

遐邇滿街綿香騰，麻辣萌萌，
額汗蒸淩。緣起小面盡渝風。

芝麻紅油花生碎，榨菜勾味，
麻醬香濃。蔥薑笑迎綠簾櫳。

調寄【採桑子】二〇一八年一月十八日

陽春麵

白絲潤清湯，湯下有風流。
順風順水入東海，一縷抹紅羞。

陽春攬彎月，深情淡中求，
風情萬裡越東海，絲絲面如鈎。

調寄【蔔算子】二〇一八年一月十九日

炒麵

（一）

麵絲縷纏尤嬌味，蒜香美，斷凝紅翠。

粵豫懷凝香，徽魯擁華貴。

攬卻五洲漿食燴，炒麵憑欄枝頭偎。

又是一個煙波歲，

人人終老，爾樂年年魅。

桑榆人家終不悔，為伊戀得心中醉。

調寄【海棠春】二〇一八年一月二十一日

（二）

如醬如滷甜香，燈會人瘋搶。

元宵佳節闌珊處，一叢叢，油絲享。

借手填饑荒，五千年，換了模樣。

錦春小吃獨拌面，鴛鴦笑，喜三江。

調寄【歸去來】二〇〇七年一月二十一日

擔擔麵

江邊吆喝迴長，熙熙老客爭擁。
艾蓬崖下迷霧中，忘卻襤褸叢叢。
而今月明星稀，樓堂節比香濃。
擔擔小麵有玲瓏，伴著國運升騰。

調寄【西江月】二〇一八年一月十九日

青蒜牛肉炒麵

街巷聞，百人趨之卷香塵。
卷香塵，牛肉炒麵，眾生芸芸。

風播清水永人倫，日攬四季偎黃昏。
偎黃昏，小麵添香，萬代鄉親。

調寄【憶秦娥】二〇〇九年一月二十二日

排骨麵

混湯絲軟，阡陌彌漫，香了人間。

思山珍海味，巧烹熏炸；珍肴美味，過眼雲煙。

萬戶千家，老少婦孺，歲歲年年家常戀。

嫩排骨，嘆忘東西，醉美闌珊。

一碗排骨湯麵，引大江上下盡開顏。

看王孫歡騰，庶民愉悅，壯士豪邁，病孺心暖。

美顏滋補，中氣充盈，恰是壽誕又一年。

再進酒，攜香麵於醉，一隅成仙。

調寄【沁園春】二〇一〇年十一月二十三日

炒餅

似肉非肉，滋味兩寸綿依偎。

九流三教，裹腹千秋醉。

豪門淑女，一抹嘴邊碎。

衆生相，大快朵頤，炎黃何快慰！

調寄【點絳唇】二〇一八年一月二十四日

炒米粉

閩南酥絲百皺，靈菜雞香輕飄。
百味銜成一湯勺，豈止瑤瑤唯瀟？

俗民日日勞作，愁煩飛花殘肇。
又是相識更香嬌，何患佳人不笑？

調寄【西江月】二〇〇八年八月二十五日

炒河粉

醬潤油滑裸條涼。潮汕兒女巧，泌白漿。
軟嫩河粉萬年香。勿須忙，前人有良方。

肉糜穿紅墻。鄰裡偕共醉，河粉殤。
千年秦曲萬年江。無人問，何處尋端量？

調寄【小重山】二〇一〇年四月二十五日

過橋米線

紅紅綠綠，清清碧碧，
絲絲玉玉縷縷。
油萌香湯淋漓，蒼山又雨。
不枉溫情過橋，
撒下千載人間譽。
正欲說，垂涎哪堪情趣？

江山美食如潮，
過橋線，奈何千里不遇。
滇南彝北，四海爲之相聚。
爽爽清清滋味，
美清純，白蓮新綠。
此生足，慕賢妻心如旭。

調寄【聲聲慢】二〇一〇年二月二十六日

福山拉麵

湯麵催夫斑如趣。
素戀香滷，暗飄新綠。
疑是天外雲中饗，
趨之如鶩，情牽人聚。

黃花小麵歸來去，
數扣扁圓，古方有序。
千年情緣看靈花，
端起麵碗，憐香惜玉。

調寄【一剪梅】二〇一二年一月二十八日

蓬萊小麵

情話蓬萊說小麵，福堂擔香留。
精料細作海鮮美，欲啖唾液遊。

春釣佳吉偎魚湯，八料解千愁。
唯恐麵香傳百里，載不動，空撓頭。

調寄【武陵春】二〇一一年八月二十八日

臊子麵

香丁黃皮，黑耳紅湯，嫩玉攪著翠鉤。
容大廚周旋，餐客靜留。
堂下期盼懷別，那滋味，欲說還休。
一千年，西北盈念，難忘心頭！

哈哈，蒸騰煙去，香彌眾人心，竟是凝眸。
百餘呼嚕聲，語斷瓊樓。
嘆有西風逕過，暗驚喜，攜入芳舟。
臊子麵，征伐四海，一路封喉。

調寄【鳳凰臺上憶吹簫】二〇一〇年九月二十九日

刀削麵

棱鋒削麵長史留，萬代泯恩仇。
花開四海香，片片飛淩，西北紅塵秀。

一盞酒旗絕塵後，消魂汗浸透。
莫道無佳餚，鄉野古道，削麵青史留。

調寄【醉花陰】二〇一三年一月三十日

熱乾麵

俗麵幾分白，醬料濃情透。
涼生油淋西風漏。
不求千縷如醉，婉情舊。
勁勁有口福，翩翩舞香袖。
端的鄂北有雌黃？
卻是仙人指點，麻香柔。

調寄【南歌子】二〇一〇年九月十五日

餄餎麵

大漠濃情常栩，又是一曲奇葩。
餄餎徐徐玉絲長，簍藍有年華。
落影寒夜香湯，嫩滑還稱獨呷。
西北不做瀟湘夢，黃土有梨花。

調寄【烏夜啼】二〇一二年二月一日

油潑麵

百樣麵條燦燦，雜陳懷慰融融。
一抹熱油從天落，晶亮笑東風。
莫道芳偎入懷，只見七竅貫通。
老漢踏遍人間路，陝北匿紅燈。

※前清年間，在陝北的賣油潑麵的老店前面都掛一盞紅燈。

調寄【烏夜啼】二〇一一年十二月一日

榨菜肉絲麵

幾縷同僚添味，金湯浸爾情濃。
冷落窗外三秋月，快樂忘西東。
天賜榨菜國寶，縷縷俏無聲。
素麵憑欄攜美人，春思入香夢。

調寄【烏夜啼】二〇〇八年二月一日

豬排熱湯麵

寒客匆匆長路行。
蒼惶入食棚，盼店東。
店家疾風圍灶舞，
香盤托，排骨麵高擎。

轉瞬空碗行，
人生百樣事，順乎情。
陌堂麵香秋蟲鳴。
一支曲，送君上路程。

調寄【小重山】二〇一四年十二月二日

冬雞筍雞絲湯麵

玉絲肉柳紅酥相，
相思濃湯競短長。
雞冬筍添合意，雞絲湊情趣。
最有金貴處，潤汁心頭路。
望湯思慈母，長嘆淚千古。

調寄【菩薩蠻】二〇一一年七月二日

雞蛋醬醋拌麵

美食無其數。
毋須遠，醬麵臨目。
淋香醋、黃月芳湯駐。
白晨朧月淡，知何處？
南北達人無名錄。
麵無休，弦上賦，千年如故。

調寄【天門謠】二〇一二年二月十二日

番茄牛肉麵

瑞雪閑鄉，白無涯，寂靜山野風狂。
檻內人聲，熙熙攘攘，員外祝壽兩廂。
一聲鑼響，壽麵騰，魚貫成行。
番茄牛肉，絕頂佳配，一路倘漾。

百麵各芬芳，論短長，誰爭牛肉鋒芒？
弦上琵琶，悠曲盡夜，佳餚襯著月光。
千年華宴，何曾比、番茄紅湯。
毋須吟嘆，但看五洲，麵盛重陽。

調寄【八音諧】二〇〇八年二月十三日

麻辣牛肉麵

（變格一）

煸炒聲聲香沖辣，川緣妹子鍋中畫。

麵裏赤湯翻牛煌，偎灶下，心如夏。

抿嘴添舌流涎掛。

（變格二）

幾許伴友神仙行，大口牛肉辣汁盈。

汗雨既已蒙雙眼，何須嚀，醉天庭，

明日龍門又獨行。

調寄【天仙子】二〇一〇年五月四日

各式拌麵

籽麥秀絲軟，

惠天下，萬代璀璨。

八味麵，伴千年留戀。

遙看五州風波漣漣。

可憶紅塵千家麵。

八仙手，冷熱乾，無窮變換。

調寄【天門謠】二〇〇八年七月四日

煎燜麵

俊秀透迤，暗香騰霧，殘月雞鳴村曉。
望遠炊煙，人聲輕語，映目竟是火灶。
先煎後燜，時菜滿，麵騰鍋笑。
小麵家常度日，快樂徑自蓬蒿。

滔滔何須酒肉。細精靈、常綠山坳。
煎燜手法蹊蹺，自緣宋朝。
浪跡天涯百代，憑味道、
又忘知何處，終回夢境，煎燜麵燒。

調寄【天香】二〇一八年二月四日星期日

酸辣涼麵

辣麵酸，自古白絲燦，餘韻千里翩。
芽嫩豆黃，椒圈明目，幾縷青玉瓜甜。
韻味長，穿廊徑室，攬人聲，群起爭璀璨。
麻油添香，碎芫染翠，蝦拌蹣跚。

南北從來各半，唯此平凡菜、赤暑追還。
海味佳餚，山珍金玉，百姓順口流連。
曾記否，少兒時節，艷陽下，醉酸辣涼麵。
雖已蒼黃老去，常夢前緣。

調寄【一萼紅】二〇〇八年三月十五日

火辣燃麵

敍府燃麵添新趣，馨油條、麻辣聚。
紅油香醋花椒，攜侶芽菜蔥綠。
調料魅舞花生香，人中醉、淚伴春雨。
易牙莫空嘆，流景有來去。

節比鱗次蜀地行，人奇巧、總輕盈。
衣食住行各色，拌麵別具風情。
風流處處順江流。燃麵小、細說叮嚀。
江山花無數，紛紛映天紅。

調寄【晝夜樂】二〇〇八年四月十五日

豆角燜麵

醬香流蘇，五色斑斕添新欲。
廊下灶邊，千年燜麵味兒鮮。
俗子凡夫，常懷難忘思情愫；
貴人達官，難免緬懷欲流連。

調寄【減字木蘭花】二〇〇九年九月六日

老北京炸醬麵

明油肉醬香，新擀柔麵長。
翠玉黃瓜絲清涼。五位作料添厚味，
驚七色，愛春鄉。

千年食源廣，沃野見蒼黃。
玉調八媚蔥絲鑲，
養心殿裏也狂張。

調寄【唐多令】一九九三年三月二日

菠菜排骨湯麵

清湯碧玉，肉香廳堂趣。
柔韻靡靡油珠序，三代圍桌相聚。

千尺美味飛泉，絲絲撫脈袪寒。
辛苦共嘗歡樂，門外青山依然。

調寄【清平樂】一九九三年二月二十八日

香菇炸醬麵

蕈香潤醬諧麵會，佳人伶俐，尋箸連綴。
香菇千年，催花夢，匿仙味。
美無忌、緣起豬肉碎，
窗外雪，絲麵慰。

南北異，其實終相茂。
玉食期乎合眾口，牽情絲、無怪眾口笑。
葷素漫舞，鹹淡蹁躚，聽廚生叫。
瞬息，追香菇醬麵，看龍騰虎躍。

調寄【婆羅門令】二〇一八年二月七日星期三

炸醬麵

勁擀麵，豆醬香。菜碼紛紛肉丁亮。
幾瓣大蒜，兩口清湯。
淹沒萬裡志向。

功名利祿忘卻，滿足那轆轆饑腸。
舉頭濛濛美夜色，眾漢個個泛紅光。
悵明月，無緣入廳堂。

調寄【越調·柳營曲】二〇〇四年五月十日

時蔬臥蛋湯麵

山南山北幾道梁，溝裏溝外兩村莊。
人窮人富三頓飯，雞蛋麵，有菜湯。

斑斕五色真清亮，病中慰腹悅，
老幼溢蘭香。千載流長。

調寄【水仙子】二〇〇七年二月八日

雞絲毛菜炒麵

滬江風爽雁欲歸，回首江天漁人炊。
仰天酌酒嘆晚山，雞絲炒麵勝花魁。
往來眾人行，深山酒家鄉情媚。
遠行客，一碗炒麵，演繹真情燴。

望遠霜天煙水隔，雞毛菜鮮常回味。
山路崎嶇店小，留下童年舊描繪。
年華轉瞬走，雞絲香麵夢拾淚。
三十載，大山深處，遙聞香如醉。

調寄【臨朝歡】二〇一八年八月二十八日

青菜雞蛋炒麵

黃牙嫩菜，青苗玉靜，戲伴孿俠。
都市紛紛攘攘，街角處，少年回家。
匆匆呼娘喊餓，不顧雨雪風加。
闖門欲，香波彌漫，攢眉已舒林廊下。

疾箸滿腔揮香艷，哪堪春景，蕩畫瓊涯！
盡是小菜嬌嫩，蛋芳綿、纏絲濃呷。
炒麵經年，成就千載英雄婆媽。
看西山風情萬種，不如炒麵如花。

調寄【雨霖鈴】二〇〇五年十二月九日

九仙小煮麵

夫子廟前，秦淮人家，花燈滿路。
門外街攤，連綿十裏難顧。
九仙湯，小滷麵，香風催人沐。
忘憂患，凝睇五色食神，似仙如度。

難忘味誘情，緩步漫青嵐。
五彩煮麵，皮肚青菜鵪鶉蛋。
榨菜鮮，紅番相伴。
華歲崢嶸月，步履千年。

調寄【迷仙引】二〇〇八年十二月十日

麻辣香豉醬拌麵

麻辣香豉，花生碎，骨湯稠漣。
更依情、黃瓜斯軟，藕絲雪豔。
一曲南國拌嬌面，三聲西蜀喚平川。
雨驟停、歡喜去陽關，心燦爛。

仕途路，猶漫長。夢裏留，餘味香。
渡湘雲楚水，覽閱文章。
往來千年風餐月，戎馬一生爲厘糧。
醬拌麵，日日寫春秋，不張揚。

調寄【滿江紅】二〇〇六年二月十日

胎貝麵

回首，驚愕鮮香，裸裸零丁洋。
疏芯濃漿疊，妙淹色雕黃。
曉貝非爲池中物，閱滄海、竟攬東皇！
俗麵伴君共鴛鴦，無語說端詳。

調寄【甘草子】二〇一七年五月十一日

香辣紅燒肥腸麵

斑斕誘色醉流年，

一碗吟賞，再添欲狂。

無奈老漢沒肚量。

香辣紅燒思之苦，

面冠蘇北，俏然三江。

月夜清風話雌黃。

調寄【醜奴兒】二○○七年六月十一日

上海冷麵

清香麵，綠縧艷，醬汁漫裏春秋戀。

滬江風，桃花綽。

雪綿幽香，里弄煙火。

爍、爍、爍。

豁發現，競相看，雞絲黃瓜不忘伴。

千餘載，從不斷。

閱世眾生，光怪漓鮮。

燦、燦、燦。

調寄【釵頭鳳】二○一○年九月十二日

辣味雞丁拌涼麵

絲麵翩翩百味間，佳餚輕抹換新顏。
一味雞丁添魯憶，情摻香辣閩川山。
人徑流，藝交還。青絲玉瀲戲人間。
未知舊游欲何處，卻道辣味雞丁鮮。

調寄【鷓鴣天】二〇一三年二月十二日

蔥油龍鬚麵

荒野舊山城，噓嚷陌間，一片老吉祥。
三教九流閃，百家競技，吆聲傳清江。
餐館林林，熱茶坊，遙緲飄香。
堪稱絕，數十案頭，蔥油麵店忙。

憶否？萬千工匠，無盡民伕，冬夏謀生糧。
晚來風，掀卷歲月，思緒蒼茫。
昨日獨酒望朔月，品油麵，思少年郎。
彈指間，麵香已成遙望。

調寄【渡江雲】二〇一三年十二月十三日

長壽麵

青石不爛，碧水千年，亙古江山。
戀世人人情結，豈有凡胎成仙。
長壽麵，玉成兒孫孝義。回首已是欣然。
天涯有新客，孝道暖寒天。

不嘆，天天飲食，一根長面，充饑解饞。
華堂寓意，不覺脈脈延延。
中華文化，潤物春秋百代，更融環球看當年。
家家樸素麵，有愛自纏綿。

調寄【石州慢】二〇一四年九月二十七日

五香烙餅

芸芸眾生思瑤羹，奔波萬裡慰腹充。
若有烙餅出新爐，恰逢甘露灑老松；
酥軟香脆尋春夢，綿嫩甜美笑東風。
美緣何匿千萬裏，鄰裡農婦鐵鍋中。

【七律】二〇〇五年六月十七日

餡
餅

餡餅，餡餅，餡餅酥香五嶺。
大漠幽燕摯愛，三山五嶽鍾情。
鍾情，鍾情，何人說分明？

調寄【調笑令】二〇一五年二月十四日

門
釘
肉
餅

遠風送心香，饑骨尋匿轉回腸。
太后叮嚀花添彩，玉錦送鴛鴦。
門釘秀、薄餅牛肉浸鮮湯。
呷黃酒、酥脆有焦黃。
拂去歲月塵，笑品味，入黃粱。

春花秋月裏，過客千里尋霞光。
其實山水無遠近，萬事自清涼。
美食多、如人情常聚常散；
一日喜、但笑聽笙簧。
圓圓門釘餅，抹紅塵，迷淡妝。

調寄【安公子】二〇〇七年二月十四日

千層牛肉餅

牛肉蔥花香滿堂，脆餅入口醉雲鄉。
山桃尤愛凌晨雨，肉餅偏好薄脆香；
百樣佳餚舞風流，千層酥餅挺脊樑。
若得一日春花酒，鄉老掩面勝帝王。

【七律】二〇一五年六月十八日

蔥油餅

外酥內軟蔥油香，薄玉味鹹麵焦黃。
皮如蟬翼層如絲，不膩綿綿思東梁。
美食聖出魯人手，千年唯我中華唱，
世代紅塵伴情饗。

調寄【正宮‧鸚鵡曲】二〇一三年三月四日

香菜餅

清風送爽齒留香，芫荽溫辛充饑糧。
點點青翠添新色，欣欣焦褐伴酥黃。
五葉香末暖胸腹，十扇全草益胃腸。
擯去愁風哀怨雨，便攜慈愛浴濃芳。

【七律】二〇〇五年六月十八日

雞醬香雞蛋餅

香脆滿溢茹夢端，千載英雄樂無邊。
東籬鄉老真歡喜，廟堂君臣總留戀。
錦堂風月樸素食，飽經詩書營養餐。
桃花流水年年走，蛋餅香中有人饞。

【七律】二○一五年六月十九日

南瓜絲餅

黃綠南瓜不相妒，絲成烙餅香滿鋪。
解毒小餅可調情，益腦素食驅愁霧。
故人銜啖爲降糖，新朋爭擁消災賦。
南瓜又攬凡夫事，潤國裕民絲餅路。

【七律】二○○六年六月十九日

土豆絲餅

黃麵細粉桂枝鑲，甜咸麻辣任君嘗。
稚兒未解人間事，老朽竟享盤中香；
和中養胃潤寒脾，利濕降糖慰饑腸。
春風一曲花先笑，土豆絲餅做新郎。

【七律】二○一五年六月二十日星期六

糊塌子

青斑翠點入麵和，風流雲散入餅鍋。
綿軟怡口舒腸胃，脆香悅心暖山河。
少兒雙手抓空盤，老者笑臉催姨婆。
家常小食千百載，平凡山水聽簫歌。

【七律】二〇〇五年八月二十一日

香河肉餅

醉香鍋，聞斯語，尋匿千般縷。
麻酥軟，薄脆黃，情外溢幽香。
肉蓮凝，香霧馥，風亭月下沐。
片片迷，雙雙喜，搖曳回京西。

調寄【更漏子】二〇〇八年八月十五日

雞蛋餅

卵香霧逞，晶黃皮華。
淩絕稚、天上人家。
經年歲月，鬢雲開花。
翠葉調情，隱隱笑，悠悠滑。

賓宴朋黨，潺潺杯下。
情濃時，軟軟盈頰。
西風留窗，思緒回家。
南江漁樵，羈旅人，盼黃芽。

調寄【行香子】二〇一四年二月十五日

饢

西域荒草迎珠駱，征鴻萬裡飄泊
香饢上路，明月牽燈，笑看風惡。
戈壁秋晚，酒伴饢宴，白草芳臥。
千年祖先路，璀璨古塔，全憑伊、醬饢爍。

咋看平常面裸，繁衍戲、百代相托。
山胡肉艷，瑤台不遠，有餅盈碩。
舉馬揚鞭，馳騁西東，不忘饢鍋。
胡笳聲悠長，萬重山裏，還看玉婆。

調寄【水龍吟】二〇一一年九月十六日

千
絲
餅

筋餅暈色，脆惹千絲柔，滿嘴香絮。
灶鍋芬芳，餘煙清秋裊，醉園年少。
巧手翻張，三三兩兩酥香。
欲歸去，難舍金絲餅，再返食巢。

看順水江山，攜萬盞食契，千秋一道。
十菜盛宴、斟酒連溢，絲餅承歡笑。
何須乾坤，遍地伊尹作弄，花燈茂。
鐘聲遠、任酒喝高。

調寄【掃花遊】二〇一五年三月十八日

千
層
餅

月夜寒秋，風塵倦客，腸饑人。
偶見人家，恨不一步相就。
鄉人捧出千層餅，香漫外、如狼聚首。
已忘世間苦，落遺霜冷，盡享絲秀。

難陋，形無舊。美食千般好，百張不夠。
酥軟油潤，已被客心浸透。
情深尚需花爲媒，片片脆、軟酥神遊。
豁抬首、嘆人生，錦餅何懼難當頭？

調寄【月下笛】二〇一三年二月十九日

筋
餅

柔晶晶，嫩晶晶，
詩情畫意手不停。
淩天月正明。

餅相逢，菜相逢，
春花嫩草兩廂情。
你卷我味濃。

調寄【山漸青】二〇一四年五月十九日

牛
肉
罩
餅

牛腩暗香，恰如清風穿竹。
攬軟餅、弱雨臨株。
山南炊煙，山北盈爐。
家常情、一行村屋。
罩餅雲輝，泛濫東西江戶。
朕之愛、已無歷數。
牛肉歡歌，百宴難書。
唯戀餅、直隸都護。

調寄【風中柳】二〇一〇年八月十九日

南
瓜
餅

軟嫩玉牙喜，羞紅南倭鮮栩。
涼秋千般荒野，棚下瓜田綠。
千萬農夫生命糧，福盈朱門去。
夢魂難忘嬌脆，澄澄耀天地。

調寄【好事近】二〇〇八年七月二十日

地
瓜
餅

甜麵焦脆，撩春雨、滋潤紅塵瓊露。
潤燥生津憐清影，止疸秦淮紅馥。
巧閣深宮，茅棚岩穴，擁此憑何故？
素顏形陋，卻是千載銘樹。

萌薯南北濟生，翻吃花樣，芸芸萬人箸。
秀餅逢生清江裏，卻看青煙一注。
霓影裙蘿，煎聲香臥，往來情難顧。
嬌月澄黃，難及瓜餅羞目。

調寄【酹江月】二〇一一年十月二十一日

蘿蔔絲餅

絲餅焦脆，贏得滿堂紅。
眾人搶，風箱盈。
瑞香入雲外，美味果腹中。
山水靈，更襯素絲陶性情。

誰言野佬窮？芳草半山橫。
攬殘霞，啖蘿餅。
鍋沿壘黃金，月下洞簫鳴。
順人意，無徑自有長青藤。

調寄【千秋歲】二〇一一年四月十七日

土豆餅

金黃絲絡亂成蓉，七枝八叉脆焦松。
亭亭幾朵成真秀，
一窩蜂，轉眼竟碟空。

調寄【中呂・喜春來】二〇一二年三月二十一日

韭菜餅

清明雨水前，韭菜翠又鮮。
亦可從肉餡，亦可撒玉田，點椒鹽。
脆生滋味，不知是何年？

調寄【仙侶・後庭花破子】二〇一五年五月五日

華夫餅

禦園方格，焦黃酥軟濃，幽香朦朧。
興洋小花，華夏又一叢。
五千年厚沃土，猶如汪洋看魚湧。
時代飛，萬裡晴雨天，常有彩虹。

調寄【雙調・驟雨打新荷】二〇一六年七月二十三日

芝麻餅

金黃麻餅入江東，百年坯成精。
酥油添香芝麻躬，
慢烘烤，忽覺香霧滿堂中。
焦焦脆脆，味欲華夏，南北起歌聲。

調寄【越調・小桃紅】二〇一六年九月二十二日

椒鹽燒餅

花椒辛，海鹽鹹，參差欲纏綿。
加了麻籽，吊爐沿。
那是津北一江邊，人聲鼎酒旗杆。
南燒餅，北燒餅，椒鹽共嬋娟。
百般味，技聯翩，瓊島遙伴祁連山。
遊子自心安。

調寄【南呂‧乾荷葉】二〇一四年八月二十七日

二米粥

錚錚黃米亂麻，輕稠厚膜咽下，
清香戀口閑牙。
兒爭老喚，育哺萬戶千家。

調寄【越調‧天淨沙】二〇一六年二月十二日

玉米碴粥

金黃澄澄玉登臺，老食成新令。
千載人間，青山苦兒，黍粒成命。
寒天孤老，飛雪裁風，碴粥碗淨。
即使豪門，恍惚歲月，無米相爭。

尤如一曲黃粱夢，放歌自洋東。
減肥督泄，臥緒儲精，馬齒無爭。
萬家糕芯，藏頭於內，置尾偏中。
縱使達官，崢嶸年華，偏愛粟宮。

調寄【黃鐘·人月圓】二〇一二年六月十六日

大麥粥

一出丹陽水，便入大粥棚，
方圓數百里，宅宅麥香濃。

若配醃羅乾，香甜爽脆美不行。
乾隆伊始，輝煌千里春夏秋冬。

調寄【仙侶·醉中天】

麥
片
粥

燕麥片，奶相戀。陶鍋燜煮香不斷。

回首忘了夕陽燦，娘家人多圍成圈（此字念「卷」音），

怎生分飯？

調寄【雙調・撥不斷】二〇一〇年三月八日

小 吃

北京小吃

北京烤鴨

紫紅檀面呈一尊，晶亮殷香爍紅唇。
脆脆嬌皮牙潤齒，清清嫩肉舌銷魂。
雜蔥蘸醬添滋味，薄餅銜瓜竟白裙。
玄妙機關偏有意，天朝一品降鴻門。

【七律】二〇一七年一月二十二日

豌豆黃

玲瓏剔透見圓方，甜軟綿綿入皇墻。
織女輕嘗忘鵲會，牛郎長情恨豆黃。
陽春三月春還早，吆喝一聲思斷腸。
廟會熙熙崇文外，獨輪車後自成行。

【七律】二〇一七年五月二十二日

芸豆卷

白沙芸豆摻紅麗，馬尾籮上秀真身。
古屋清瀟竹雁平，新簾薄韻片麻均。
紅泥爛軟聚神口，白幫酥縷散魂心。
百變七彩成瑰色，一曲京調告知音。

【七律】二〇一八年二月十一日

豆汁

淡黃微綠乳香醇，難覓華堂看玉人。
原本布衣平常飲，忽成皇上案邊聞。
焦圈薄脆分香脆，燒餅鹹菜有靈魂。
燕北冬春成食脈，一泄千載淚痕深。

【七律】二〇一七年六月三日

羊雜湯

羊雜七味呈八品，嬌絲響水浸眾合。
椒料陳皮攜杏仁，蔥薑肉桂伴草果，
熬湯過夜淋辣醬，文火半晌夾肉饃。
冀北晉南朵百樣，羊雜一路放高歌。

【七律】二〇一七年十二月十九日

小吃

麵
茶

踏遍青山尋小吃，不覺回首見瑤池。
西王母後品麵茶，化雨香風醉有詩。

【七絕】二〇一八年二月十日

綠
豆
丸
子

擔販黃豆芽湯香，煎綠豆丸鎏金黃。
八味著料催情趣，不覺汗透紫巾裳。

【七絕】二〇一六年十一月五日

豆
腐
腦

白玉半羞春色淺，黃花木耳蛋絲黃。
羹勺一抹未入口，春蘊無花也芬芳。

【七絕】二〇一四年七月二十五日

杏仁豆腐

方圓樽妙猩黃戀，側目偷窺竟失魂。
奶潤杏香甜爽致，未知鑄玉是何人？

【七絕】二〇一六年九月十八日

薄脆

香酥薄脆俏紅顏，百里冀中漫晨煙。
街巷煦煦人來往，火燒薄脆夾的歡。

【七絕】二〇一三年九月九日

爆肚

凜凜秋風會爆肚，獨酌二兩享吊爐。
三班名角蹣跚步，勾出千年清真福。

【七絕】二〇一八年六月十七日

驢打滾

三色竟分明，澄沙染瑰中。
黃米浮軟嫩，豆麵落香泓。
和餡桂花美，成型甜絲紅。
香油白糖媚，盡自滾驢屏。

【五律】二〇一七你一月十九日

炸咯吱盒

年底畫鍋月，咯吱笑語吟。
焦脆聞香麵，嫩軟看素葷。
拜年聲街巷，叩首謝鄰門。
捧獻大竹簍，幽燕敬來春。

【五律】二〇一八年三月二十三日

薑汁排叉

皮麵伴明粥，入鍋盡溫油。
桂花濃蜜過，薑末飴糖勾。
清風迴春意，落日映街頭。
甜鹹各有味，把酒攟恩仇。

【五律】二〇一八年四月二十七日

糖耳朵

鋥亮看棕黃，麻花蜜酥香。
耳朵形伴侶，芙蓉裹甘糖。
油浸天色透，蜜纏河野芳。
孤傲數百年，隨我入他鄉。

【五律】二〇一六年七月十六日

饊子麻花

幽谷薄煙盡，饊子香滿天。
纖手搓玉數，三閭托花沾。

【五絕】

炒肝

醬滷燴京城，肝腸配小包。
會仙劉氏創，源自大宋朝。

【五絕】二〇一七年九月十日

灌
腸

灌腸一面脆，軟嫩共紅顏。
小小竹籤裏，托起五百年。

【五絕】二〇一七年五月十四日

褡
褳
火
燒

姚氏興褡褳，皮焦肉嫩中。
旗幡驚天下，源自幽州城。

【五絕】二〇一八年七月七日

杏
仁
豆
腐

緣于滿漢席，果仁兩相宜。
晶玉彌蘭脂，五色映珊黎。

【五絕】二〇一八年一月十九日

豆腐腦

泱泱黃豆，被菽奇葩。漿粉欲乳，凝蓄千家。
依序嫩膏，二許如花，三回如玉，四魅渾霞。
腦香吹彈，漫浸滷遇。木花草朵，合掌舒滑。
凌晨煙起，攤火吹鍋。艷陽初臨，人聲喧嘩。

【四言詩】二〇一七年十月八日

油酥火燒

焦酥方圓，芝麻甜鹹。三北秦漢，轂狹天邊。
漁人郊野，茅舍屋前。炊煙裊裊，爐烤鍋煎。
轂香於斯，油酥裏面。三餐之首，早晚流連。
千年遺趣，百年老店。高堂大雅，販夫達官。

【四言詩】二〇一八年六月四日

滷煮小腸

宮廷禦滷，百腸糅汁。七腑銜精，素材時承。
惠及塵眾，飴至嶺東。巫醫樂師，兵痞閑窮。
火燒入湯，攜曲長鳴。源自蘇造，無人能通，
小腸雜碎，終建奇功。泱泱乾坤，萬彩登峰。

【四言詩】二〇一八年四月二十四日

栗子涼糕

軟糯香甜，黃栗涼糕。千年饞嘴，無變冀濤。
紅菱桂花，依角方豪。稚老遺孤，舔抹相消。
耄耋依舊，趨之如潮。金糕相伴，玉女承窈。
始祖女真，滿漢福高。山南山北，夕陽不落。
（發「嘮lao」音）

【四言詩】二〇一五年七月二十七日

肉末燒餅

圓夢燒餅，慈禧盈靈。芝麻亂點，肉油相迎。
軟膜清硩，脆皇津津。三晉環水，四山臨秦。
旅賈商客，殊途同行。攜食充饑，鄉老逢迎。
小食千載，搖擺成行。落戶京畿，把酒臨風。

【四言詩】二〇一六年十月八日

天津小吃

狗不理包子

東臨渤海偎燕山，貴友勵精聚德元。
精肉鮮嫩香不膩，調料清新艷裏賢。
捏劑白菊十六褶，撫世胖佛百餘年。
路過清風應有意，攜來伴侶赴長天。

【七律】二〇一七年三月二十二日

耳朵眼炸糕

位品三絕津北岸，糯米皮麵豆沙鮮。
澄澄金色凹球扁，酥酥脆香半口綿。
不艮不硬不粘牙，半筋半軟半香簾。
耳朵胡同贏千古，劉氏萬春做聖賢。

【七律】二〇一八年八月十九日

十八街麻花

三絕之首桂花祥，料配十餘案上香。
瓜子桃仁裹芝麻，桂花青梅染油缸。
酥餡小條驚鄰裡，清油半晌潤八方。
海河西畔十八街，芸芸眾生笑夕陽。

【七律】二〇一九年二月二十七日

曹記驢肉

津門驢肉譽三巡，曹氏一家自柴門。
鮮魚口外卷大餅，冀州館裏拌雜葷。
鮮香嫩厚驚天地，酥肥爛瘦泣鬼神。
八大食家五十載，予福東西南北人。

【七律】二〇一六年四月三十日

煎餅果子

煎餅黃花催散葉，油條裸箟倆鄉挑。
百年早點刢圖過，一品馨香糊塗搖。
代代相傳新景致，滔滔迂迴舊路橋。
醬香焦脆贏千口，無鼓無瑟樂聲高。

【七律】二〇一七年七月一日

煎
燗
子

二月初二天補日，綠豆凝脂祝媧周。
七菱燗子有心去，一撒萬裡送江州。

【七絕】二〇一六年六月二十六日

糖
瓜

糖瓜粘嘴扯汙牙，送灶入筵話萬家。
無論好事言多少，新春福聯寫紅霞。

【七絕】二〇一七年三月二十八日

菱
角
湯

煙籠茅宅秋夜露，羊湯漫潤角菱香。
迎來送往都是客，一縷溫情暖四方。

【七絕】二〇一八年九月八日

糖黏子

雪球糖果半街新，斜月寒山會兒孫。
故里鄉間凜冬月，酸甜美美度天倫。

【七絕】二〇一九年三月二十五日

油炸螞蚱

碧瓦窗下草蜢藏，青山影裏炸茽黃。
舉杯邀友三番樂，朝天衣袖論短長。

【七絕】二〇一七年十一月九日

蜜麻花

金黃耳朵脆酥甜，一口驚動百里仙。
南來順中升紫氣，八根繩下擔起天。

【七絕】二〇一五年七月十七日

糖炒栗子

褐紅晶亮果，香漫古商城。
翻入鐵鍋浪，攪開世人情。
黃沙共暖熱，玉桂攜香凝。
甘沁傳家久，養心萬代行。

【五律】二〇一八年四月十二日

羅漢肚

圓圓羅漢肚，卻納百家饞。
肉嫩醬香軟，皮緊固味鮮。
鋪碟成扇面，夾筷入嘴涵。
清酒邀明月，渾然自成仙。

【五律】二〇一八年五月十九日

棒槌果子

津衛果子脆，棒槌滿街晨。
原本奸臣恨，消作眾生圖。
秦王成惡鬼，施中做先人。
自古有正義，盈盈滿乾坤。

【五律】二〇一八年十月二十六日

小吃

115

鮮果餡湯圓

明州浮元子，慰藉合家歡。
梅子扮香果，火龍演麻蘸。
酸甜貴有味，紅綠耀彩斑。
南門遇故友，同入桂花軒。

【五律】二〇一九年二月十二日

崩豆張

桂花酥崩豆，源自禦廚張。
乾貨百案開，貢品一街長。
味陳裂綠豆，輕咀自成漿。
揮手百年藝，煜煜有華章。

【五律】二〇一七年九月二日

茶湯

秫米糜子面，八香瀝錦妝。
光祿寺原創，五百年茶湯。

【五絕】二〇一五年十二月七日

石頭門檻素包

欽點素包店，芽菜腐乳鹹。
有心買九個，不夠一頓餐。

【五絕】二〇〇八年六月八日

陸記燙麵炸糕

泉順齋托玉，耳朵眼掛珠。
同現炸糕紅，卻是兩樣酥。

【五絕】二〇〇五年三月二十四日

大梨糕

馬氏獨一台，焦糖花裏開。
迎得童兒笑，梨膏永不衰。

【五絕】二〇一一年七月十八日

武清豆腐絲

馬坊邑東，曉路彤彤。豆絲譽北，交口逢迎。
拌之黃瓜，隱玉綠筍。脈上菇絲，艷照椒紅。
清爽如澗，鬱香銷魂。醇厚首諾，代代殷功。
康熙無意，翹指首肯，百姓稱許，絲絲如虹。

【四言詩】二〇一九年二月十八日

獨流燜魚

靜海古鎮，老醋蜚聲。獨流曹三，魚燜酥凝。
油過之後，醋燜香呈。糜爛鯽骨，柔細輕盈。
曹錕賜銀，遠近聞名。八鄉九路，效仿同行。
頭刺相眠，各味不同，豐碩骨脈，百世稱雄。

【四言詩】二〇一八年九月三日

貼餑餑蒸小魚

鮮小鯽瓜，置於鍋底。黃澄餅子，排在鍋沿。
八角姜油，五香醬醋。蔥蒜乾椒，各樣適度。
庶民家常，鄉舍荒渡。頤養身心，暄軟脆酥。
同鍋一氣，黍香魚處，難忘釋懷，少年棚屋。

【四言詩】二〇一七年七月八日

恩發德蒸餃

西葫綿嫩，羊肉生鮮。俏角如帽，扇宇雁歡。
蒸騰百氣，浸香濡蘭。清真智慧，與貢朝天。
虛懷殷勤，眾喜群聯。津港府衛，巧設街沿。
冬春秋夏，爭者蹣跚。小吃一絕，燦爛百年。

【四言詩】二〇一六年三月二十八日

熟梨糕

津門之內，老熟梨膏。孩童拾味，卻難尋找。
梨膏無梨，甑木蒸僑，白甜紅酸，豆糜三調。
翻朝走代，越俎代庖。香芋芝麻，偏重三寶。
百色果品，醬汁蜂巢。梅乾洋貨，也領風騷。

【四言詩】二〇一四年五月十四日

上海小吃

南瓜團子

南瓜鑲粉豆沙丸，踏遍江南一路鮮。
軟軟團團猶可愛，囡囡秀秀醉如仙。
老者撫杖品一口，頑童上桌手不閑。
冬至時令寒山月，團子暖心嘴也甜。

【七律】二〇一七年八月二十二日

粢毛肉團

粢毛肉圓自塘棲，滬水杭山兩相依。
白糯知心爭百態，紅肉散情舞東西。
香汁嫩裏樓臺會，軟漓柔中五番棋。
江南亂花迷人眼，小吃萬種味呈奇。

【七律】二〇一七年九月三日

南翔饅頭

南翔饅頭竟爲包，小巧玲瓏自來嬌。
精肉蝦仁雞湯凍，春竹蟹粉芝麻膏。
從來精巧膾於口，是處美味暖半腰。
四海小籠風起時，豫園綠水更妖嬈。

【七律】二〇一八年十一月九日

釀枇杷

萬般細巧憶江南，精釀枇杷勝紅顏。
紅袍整容藏百果，眉鉗去核拜花蓮。
花紅粉襯一片心，桂糖輕潤八根弦。
豆沙瓜子融其味，疑是蟠桃落人間？

【七律】二〇一九年四月十一日

蜜棗排山藥

白盤香艷荷蓮美，太乙真神涎暮炊。
蜜棗圓排滋腎脈，山藥綿袂補脾緯。
香甜本是孩童欲，嫩軟卻爲長者追。
天地安知何爲貴？赤城一片月明催。

【七律】二〇一六年三月二十六日

黃松糕

紅糖糯米旋一曲，八百年後再銷魂。
酥軟綿甜兒時味，黃松糕下兩度春。

【七絕】二〇一八年七月十六日

水晶蛋糕

裹麵黃汁笑裏甜，七色八孔奶中鮮。
鮮香鬆軟成春色，敬老托幼玉芊芊。

【七絕】二〇一七年八月二日

上海扁豆糕

扁豆丫丫無膽色，卻幫紅沙入蕭墻。
豆泥暄軟成瑰麗，晶黃綿綿事周郎。

【七絕】二〇一七年八月七日

藕絲糕

蓮尋藕味桂花甜，數點芝麻漢宮前。
遊子多感呈愧色，十年未進滬味軒。

【七絕】二〇一七年十月十六日

鮮肉小籠包

小籠包裏深沉憶，當月雕零日下昏。
病女三天無水米，兩屜籠包記終身。

【七絕】二〇一八年十二月二十六日

豬肉開花包

情自胖花綻，門開秋色衰。
鳥鳴追肉味，雨落潤情懷。
參屜兩不盈，四鄰三再來。
添柴吹旺火，人人笑臉歪。

【五律】二〇一七年六月二十七日

豬油細沙包

八月灶廚香，油潤紅豆漿。
甜甜綿口味，細細沁心長。
白胖細沙包，淩海峻山梁。
同爲千年物，分野各相當。

【五律】二○一六年八月二十四日

桂花甜酒釀

米酒自千年，堯舜千鐘含。
先人勤曆腦，後者越依山。
酒會人生意，花增世上甜。
江南釀米酒，化解天下煩。

【五律】二○一七年十月二十二日

豆沙晶餅

晶餅有沉玉，嬌黃甜抹心。
東鄉豌豆鞠，西村麥滑寅。
油潤添香火，蒸煎各有琴。
涼舌慢滲齒，酥皮盼知音。

【五律】二○一八年六月二十七日

魚圓湯

春仔創魚丸，茸香漫嶺南。
鮮湯縈皓月，佳餚配酒欄。
細品脯一隻，輕吟詩百篇，
雖是清鄉裡，早已入仙間。

【五律】二〇一八年三月十一日

雞鴨血湯

斑斕弄紅方，沉沉燴廚香。
奇味正補血，囫圇又清腸。

【五絕】二〇一五年四月二十四日

八珍羹

八珍藥膳神，調心慰陽春。
湯官回鄉去，千年好星辰。

【五絕】二〇一七年五月二十六日

栗子粥

栗儒滿荒林，邀粥配山琴。
棗甜枸杞偎，脾胃自然春。

【五絕】二〇一四年二月二十七日

百合糯米粥

糯米粥千種，百合蓮子香。
千古舊事裏，三元有新章。

【五絕】二〇一八年八月二十三日

小紹興雞粥

白粥閃綠黃，白肉片蔥薑。
粘潤滑入味，鹹淡正恰當。

【五絕】二〇一七年六月九日

肴肉麵

京口一錯，鎮江香瀾。肴肉之初，欲海無沿。
肴蹄水晶，鮮嫩美顏。半齋老店，百年春還。
熬煮萌香，佘燉悠爛。燴之於色，燜之於鹹。
無人知曉，硝緣何安？歪打正著，出了神仙。

【四言詩】二〇一九年一月十八日

爆魚麵

爆魚淋頭，潤腑體惠。木郁林深，壤土繁翠。
蔥油薑蒜，香色燦爛。糖酒椒粉，甜鮮撫慰。
精熬紅湯，沁心透骨，絲絲甘瀝，悅口舒肝。
五熱一體，不膩不鹹。銜之海味，如醉難還。

【四言詩】二〇一八年二月二十三日

酒釀圓子

散散圓圓，糯糯甜甜。補虛補腎，祛濕祛寒。
康健脾胃，益中養顏。酒釀溫良，怡悅五官。
鮮果入餡，酸甜美心。乾果包芯，耘腦脈聯。
濃湯浮珠，喜淚汍瀾。江南窈女，魅相珠丸。

【四言詩】二〇一七年七月三十日

蝦仁湯年糕

弓蝦勾紅，邊翠臨水。白玉片牒，鮮湯濃擁。
偶遇青豆，筍丁唯唯。玲瓏白片，嬌嫩鄉擂。
肉湯品鬱，雞油香濃。年糕之潤，裹蝦孕情。
東臨滄海，西域湖行，南北飄香，滬之食靈。

【四言詩】二〇一八年四月十九日

上海小餛飩

皺皺相裹，湯清薑黃，鮮有碎綠，偶見紅香。
油花圓圓，柔片泱泱。滑潤怡口，呡汁神張。
幸有瑤柱，海韻躬良，蟹玉倩影，申衷思量。
蝦皮紫菜，孕育情殤，細膩小朵，上海模樣。

【四言詩】二〇一六年八月十八日

浙江小吃

杭州貓耳朵

禦臨西子蒙豪雨，食欲無奈扯面歪。
百豆精湯聞水泣，椒鹽貓耳笑雲開。
乾隆裹腹連稱妙，百姓充饑接踵排。
百年酒旗千帆過，杭州貓耳異香來。

【七律】二〇一五年九月九日

榨菜鮮肉月餅

同爲月餅有方圓，果肉爲核各甜鹹。
榨菜肉鮮迷南北，酥皮麵脆笑民官。
金穀巧致迎芯軟，臨安撫琴畫餅暄。
味走尋花終有意，自成九鼎老和山。

【七律】二〇一八年九月十八日

宋嫂魚羹

八百年前聞宋嫂，西湖岸畔售魚羹。
伴香火腿絲羞媚，清爽菇筍末盛櫻。
油亮賞目悅淑女，柔滑鮮嫩誘老翁。
君臨盛贊尤在耳，恍覺時光昨日風。

【七律】二〇一七年十一月四日

松子糕

茹玉馨香暖晚春，朵朵松糕秀柔雲。
精製糯米融甘水，磨細松子浴香林。
細膩色澤墜透曲，勻香輕韌上朱紋。
百年精品情依在，不忘中華細心人。

【七律】二〇一八年十月十日

衢州肉圓

油光嬌嫩肉迷蹤，八水七山攬素茸。
葶薺冬筍爭歲尾，蘿蔔豆腐慰寒中。
鄉間番薯銘千古，野嶺芋芳漫西東。
肉香攜魅姜汁水，衢州肉圓入宮城。

【七律】二〇一七年三月二十七日

紹興臭豆腐

小小青方垂禦筆，緣起老滷二十年。
青礬滷水三分霧，莧菜梗汁九重天。
餘味翻炸獨一處，醬香漫抹百家傳。
躍馬揚鞭尋嗅跡，東風不解又回還。

【七律】二〇一八年四月十四日

新昌春餅

輕摘明月入昌柴，焦脆金黃文火揌。
菜絲依舊成翠色，春餅春捲踏香來。

【七絕】二〇一七年十二月三日

湖田青殼螺螄

不食肉蛋不食鵝，偏愛清明爆青螺。
別看長塘寄一隅，青螺老酒自歡歌。

【七絕】二〇一七年十月十五日

糟青魚乾

余杭碧水綠透紅，肥美青魚滷香濃。
不是冬醃春糟意，何來鮮美配彩虹？

【七絕】二〇一八年七月二日

紹興糟雞

自古越雞鳴五嶽，紹興糟酒換真身。
熏香鮮嫩悠然醉，錯把酒娘當內人。

【七絕】二〇一九年二月十二日

孟大茂香糕

大茂香糕狀元郎，松花玫瑰蛋花黃。
二百年來甜鬆脆，至此千秋齒留香。

【七絕】二〇一八年五月二十六日

西施故里鮮蝦餅

西施披浣紗，蝦餅晚炊霞。
家村塘已淺，鄱陽水爲家。
金風吹黃脆，染雨落脂花。
炊煙望不盡，諸暨有香葩。

【五律】二○一九年五月七日

水晶芋餃

神農行百味，玉餃客上賓。
澄粉晶如玉，芋泥甜做心。
綠葉和湯水，鶯鳴伴知音。
紹興街巷裏，再聽五弦吟。

【五律】二○一九年三月十九日

紹蝦球

未入雅堂店，蝦球撲麵香。
蓑衣絲漫捲，蛋汁麵泊黃。
蔥段嫩青白，胡荽沁四方。
火候精緻美，鄉野做文章。

【五律】二○一七年十月三十日

紹興醉蟹

師爺舉大缸，調料拌酒黃。
青蟹栩如生，白肉淩自芳。
濃香酒味遠，清爽宴風涼。
順手牽羊過，千秋有情殤。

【五律】二〇一九年七月五日

五芳齋粽子

佳餚尋吳越，糯粽自天成。
香肉馥片箬，桑柴焙塔龍。
棗豆齋中戲，白水塊上行。
五芳有奇葩，四角成精靈。

【五絕】二〇一八年三月二十二日

寧波湯圓

錦色甜心餡，銅鈿總未愁。
浮元如明月，泱泱照五洲。

【五絕】二〇一六年十月九日

馬蹄松

焦黃皺麵濤，麻籽點山腰。
三百年徜徉，幾處芯花高？

【五絕】二〇一六年十二月六日

定勝糕

千年定勝糕，百里送征豪。
不似千秋味，何來萬代褒？

【五絕】二〇一九年三月四日

荷花酥

荷花酥彩瓣，嬌美麗人風。
一點紅櫻桃，春懷月向東。

【五絕】二〇一八年八月二十四日

番茄蝦仁鍋巴

鍋巴鑲黃，欲彌錢塘。番茄紅媚，漓膽厚彰。
玉蝦嫩仁，抹口行香。滋滋爆淋，鬆脆滿堂。
平地驚雷，耀眼紅光。金黃剔透，酸甜有張。
老幼婦孺，各取羹糧。鮮活伶俐，天下無雙。

【四言詩】二〇一八年九月二十六日

三北豆酥糖

夕陽闌珊，街巷恒榮。乾豐南貨，歲末走衷。
炒麵孕香，豆粉芙蓉，飴糖恰好，煜煜重重。
綿口無渣，鬆脆香濃。百年興衰，與藕糖行。
慈溪之寶，陸埠之靈。如山之竹，青翠叢盈。

【四言詩】二〇一七年六月八日

燈盞糕

溫州燈盞，精裝寶典。外皮焦脆，周邊酥軟。
白蔔絲嫩，肉糜漫捲。蝦泥真味，浴火才燃。
內餡拾味，米漿豆蓮。煎油滿溢，通體充圓。
陳二兄弟，亦論「等斬」。魔術圓糕，怡成百年。

【四言詩】二〇一九年四月十一日

武義竹筒飯

郭洞青竹，孕秋含笑。白糯融肉，鮮葉封道。
熏熏淡火，山泉燴俏。竹香怡人，八彩佐料。
山野鄉客，如臨異照。二百年前，先祖創造。
竹膜托夢，奇曲相告。今生難遇，人間奇妙。

【四言詩】二〇一九年五月六日

溫州鴨舌

一溪清流，繞山悠悠。水城鴨旺，舌品心謀。
醬滷出位，細嚼香留。笑稱鴨賺，旗語未羞。
甄菜精巧，鮮八裏侯。小舌一碟，二兩未酬。
人生之趣，微妙難周。酣酒長嘆，煙雨深秋！

【四言詩】二〇一八年三月二十四日

山東小吃

把
子
肉

相傳漢末，張飛宴兄。赤醬熏烹，隋魯壇蒸。
草繩凝香，汁肉靈興。肥而不膩，白米攤攤。
五花燦肉，化蝶入宮。配菜斑斕，留香馥盈。
把子肉厚，情滋味濃，魯人憨實，惠入其中。

【四言詩】二〇一七年四月十八日

甜
沫

泉城二怪出野史，添末無意入雅池。
茶湯無茶不得解，甜沫有鹹爭相食。
粟糊豆干添菠葉，嫩粉花生臥綠汁。
甜沫涅槃終成果，今朝玉來散香遲。

【七律】二〇一八年七月五日

油旋

油旋燦燦如金月，徐氏三兄改甜咸。
嬌脆外皮情有致，嫩柔內瓤愛中含。
核心含蛋爭神韻，伴侶餛飩共纏綿。
《養小錄》內寫平生，滄桑歲月得精傳。

【七律】二〇一九年一月十八日

草包包子

從來美味垂人涎，未想源於木訥人。
寂靜山林鶯滿樹，玲瓏小店客盈門。
灌湯欲呈家鄉意，粉餡瀝盡濟南魂。
文漢憨厚成舊事，草包一鳴出三秦。

【七律】二〇一八年五月十七日

老玉記扒雞

褐紅百載長相客，酥爛情深好古今。
雞色亮鮮迎天意，齒香舒爽化泥塵。
藥調滷煮滋味浸，糖抹油炸畫皮暈。
今日有幸臨玉館，即使荒郊也銷魂。

【七律】二〇一九年二月二十八日

孟家扒蹄

紅潤入肌勝嬌依，文升創業龍潭西。
軟爛醇厚行六味，嫩皮綿香走單騎。
滑骨香筋無膩處，肥芯細肉有花依。
孟家之意從三者，常勝招牌「罐兒蹄」。

【七律】二〇一九年三月十七日

濟南酥鍋

齊魯花心八仙味，蘇鍋自古出賢人。
酥魚香肉盈琥珀，一掠寒風動春心。

【七絕】二〇一九年五月十二日

日照煎餅

千年史記話因緣，烙鏊黍糊秀長天。
不為關公爭福禍，南來北往客為先。

【七絕】二〇一八年五月七日

鲅魚水餃

麵皮含鲅俏玲瓏，身後一股醉鮮風。
尚未品得香濃溢，已瀕仙境九重中。

【七絕】二〇一〇年四月二十一日

海菜涼粉

石花鹿角塑晶瑩，柔嫩吹彈蘊海情。
同是鄉音將進酒，涼粉伴我淚嘤嘤。

【七絕】二〇一四年五月二十二日

軟燒豆腐

酸漿點博腦，白裹麵皮黃。
紅韻攜滑軟，殷實淋厚香。
砂鍋煨醬酒，甄罐沁蔥薑。
輕彈椒油去，一曲魯歌揚。

【五律】二〇一八年六月十一日

小吃

141

醬汁鴨方

鴨方爲上品，盛譽國宴宵。
鮮嫩獨芳魂，香醇溶欲濤。
翻鍋遍巧手，調味行九霄。
炆煨情濃至，斑斑風雪消。

【五律】二〇一九年四月十七日

博山烤肉

香雲現博山，世紀越蒼年。
火煙造聖物，果木香沁天。
肉嫩紅棕艷，皮酥黃亮鮮。
白脂晶如玉，一口做神仙。

【五律】二〇一九年三月二十七日

淄博酥鍋

雜燜無奇有，五洲異彩榮。
酥鍋幾人享，淄博春秋夢。
葉裏百花笑，皮下古今情。
肉魚香萬裡，蹄豆踏山行。

【五律】二〇一九年六月一日

龍蝦球

蝦魁秋色裏，俚曲話明緣。
膘伴鮮泥落，粒纏金球環。
海魂生貴氣，細雨潤蒼天。
精巧生萬手，把酒祭夜船。

【五律】二〇一八你二月七日

炸灌湯丸子

外皮酥嫩脆，內裏滷汁香。
回首呼兒少，笑臉對嬌娘。

【五絕】二〇一七年三月二十九日

西集羊湯

西集俏井邑，羊湯頌懷旗。
千年生靈地，瀛寰溢芳漓。

【五絕】二〇一九年五月十九日

福山抻麵

空實形幾態？麵滷匯八廂。
燈草從妙手，龍鬚細絲長。

【五絕】二〇一七年四月二日

清氽蠣子

萬物憑其志，蠔銜四海香。
清氽溶玉品，神自靜中長。

【五絕】二〇一七年九月十二日

隆盛糕點

青州有異葩，隆盛競開花。
脫氏三兄弟，糕點醉流霞。

【五絕】二〇一七年八月二十二日

杠子頭

細雨闌珊，野路泥濘。商旅掮客，文人書童。
千里奔波，竟是人生。何以充饑，杠頭有情。
硬麵微火，滋味豐盈。窮者唯糧，壯力生精。
富人餡肉，俏慰饑行。當今盛世，山影如屏。

【四言詩】二○一九年三月十七日

馬宋餅

獨上幽燕，趕考學衆。三層薄餅，源自馬宋。
淡滷和麵，渾儀汁濃。層層油潤，片片豆雍。
半米之徑，卻無一洞。薄如禮紙，筋力輕盈。
鹹淡可味，軟硬適中。古董小吃，再品濰東。

【四言詩】二○一六年十一月二十二日

海棠酥

如花似玉，粉瓣黃中。欲酥欲甜，軟松玲瓏。
蓮蓉入心，葷油香凝。嬌如海棠，美似芙蓉。
或與黃油，或與豆沙。櫻桃紅心，錦艷清新。
亦遇紫薯，回首椰蓉。八幡彩落，各顯神通。

【四言詩】二○一九年四月二日

千層餅

滿目金黃，油皮瓢餅。香蔥翠點，千層分明。
外酥內暄，鄉土精靈。餜面有度，冷水柔荊。
油品相隔，靜捋層平。少油慢火，輕煎脆層。
鄲城驛站，遠近聞名。小吃天下，颯颯古風。

【四言詩】二〇一九年六月十九日

豬腳薑

豬腳百味，兩醋生情。黃薑溫內，冰糖孕靈。
蝸居瓦煲，蛋仔伴生。黑米酸醋，健骨強筋。
甜鑲異曲，醒味提神。輔育女體，滋補健身。
渾然炯色，軟嫩紅棕。老少鹹宜，萬裡香濃。

【四言詩】二〇一九年二月十一日

山西小吃

羊肉泡饃

羊羹自古上隋唐，入餅濃湯泛隴香。
雲片肉細從趣慰，藤形花黃臥底嘗。
肥而不膩青蒜逸，油亦清爽木耳張。
遙嘆東坡三千里，喚君歸來不淒涼。

【七律】

疤餅

運火攏沙烘籽餅，一格別具匯秋山。
晨昏應季色爭艷，凹凸有致情相連。
是處戎油糖味浸，從來蛋汁滷水鮮。
常言古今三杯酒，一口疤餅忘從前。

【七律】二〇一九年七月二十二日

剔尖

撥魚源自晉河東，千載八姑綉雜傭。
鐵筷剔及兩頭尖，撥板畫下三江雄。
爽滑香嫩霜天日，筋軟適口夜雨聲。
西晉東魯共桑麻，長歌一曲紅塵中。

【七律】二〇一八年十月十二日

百花稍梅

玉苞含翠紅心俏，未醒籠雲異香濃。
雞肉蝦仁新入伍，火腿冬筍成老兵。
薄皮半透彈指破，透頂蓬鬆竪脂紅。
燒麥凝情催好味，不待天遠自熏風。

【七律】

刀削麵

大刀舞動柳葉瘋，滿滿鍋臺潤晉風。
瀟灑一生山有禮，葉兒連線水成星。
澆頭多樣情何在？滷汁斑斕紫氣弘。
百味百家麵老闆，漫天畫出一彩虹。

【七律】二〇一八年八月九日

蕎麥圪坨

三秦要塞炊煙起，蕎麵圪坨欲銷魂。
柔嫩團團新口味，滑軟丁丁舊聯親。
山藥伴侶金針數，羊肉臊子紫花宸。
指下拈出新大地，換得晉漢有精神。

【七律】二〇一八年九月十五日

靈丘黃燒餅

精黃燒餅成貴寵，靈丘燒餅助清歡。
四百餘載風雨過，酥脆香甜更無前。

【七絕】二〇一六年六月二十三日

大同黃糕

黃糕一瞥竟銷魂，抱餡香汁話厚純。
誰道晉地不打糧，留下美味惠天倫。

【七絕】二〇一七年十一月八日

平定過油肉

油淋肉嫩酒三巡，閑炒山珍秀知音。
汁芡透亮聞醋意，禦膳歸入故鄉心。

【七絕】二〇一七年十月十九日

晉城炒涼粉

民間自有生靈意，薑蒜椒紅又成春。
唯有肉香出豪氣，燴出晉北精巧人。

【七絕】二〇一八年一月二十三日

卷白膜

伏羲重農桑，二月二耕梁。
麵餅卷天菜，白膜鋪地章。
攤好春秋味，裹上百里香。
殷殷樸實意，四海有吉祥。

【五律】二〇一九年一月十九日

右玉熏雞

右玉邊雞旺，熏香柏木沉。
醬鹽添韻味，椒料化靈魂。
茴香做伴娘，滷湯自相親。
紅妝出家去，坎坎又登門。

【五律】二〇一九年三月三十日

應縣涼粉

嬌嫩出晉北，窈窕似嬌娘。
此地哏一口，他鄉醉意長。
麻辣酸鹹醉，軟嫩滑鮮涼。
玉芯稱絕品，應縣有堂皇。

【五律】二〇一九年四月二日

太谷餅

甘餅厚六分，茶黃麵皮幀。
慈禧欲隨駕，蔣公要遷人。
酥軟紅三月，蛋清入餅魂。
太古出奇膾，萬代有知音。

【五律】二〇一九年五月二十二日

貓耳朵

小耳百重味，乾隆聖趣高。

豆菇匯戀澈，瓜菜伴愛瀟。

雜麵厚關月，巧指滑秀嬌。

晉風納浙水，酸湯也自豪。

【五律】二〇一九年三月三日

泡泡糕

泡泡黃糕脆，香甜動乾坤。

晉南山野地，流芳百世人。

【五絕】二〇一六年十一月四日

河曲酸撈飯

酸撈飯裏香，酥鍋伴消腸。

解酒三更夜，天明又上樑。

【五絕】二〇一八年六月二十一日

莜麵窩窩

莜麵形笆斗，羊湯滑葉漓。
運城山野處，處處有香依。

【五絕】二〇一七年七月二十六日

原平鍋魁

原平出盛點，千里竟鍋魁。
巧攬天工技，實空各香隨。

【五絕】二〇一六年四月二十二日

代州麵麻片

麻片酥甜脆，羌笛配舊琴。
夢中歸老客，攜片送情人。

【五絕】二〇一七年三月三十日

廣東小吃

腸粉

荷塘盡處有人家，灶上煙霧攏玉匣。
嬌嫩悠閑成媚色，晶瑩閑臥勝粵花。
曾經淡味漿如水，回首白亮玉無暇。
百般調料爭相戲，慰籍百姓伴越茶。

【七律】二〇一七年四月二十七日

廣東月餅

嶺南越水秀田疇，月餅千載畫春秋。
剔透玲瓏人上喜，甜鹹多彩世間愁。
五仁一曲生靈氣，雙蛋半舞有隱憂。
不拘一格雕紅塵，粵心月意不回頭。

【七律】二〇一九年五月五日

粉果

一桌佳餚竟無存，粉果幾番催聲勤。
娥姐癡情造歲月，香室慧眼托天人。
同是有餡別心裁，卻也同吟賦銷魂。
陸羽尋蹤追飯皮，芭蕉樹下話屈君。

【七律】二〇一六年八月十八日

糖不甩

歷代軼聞傳舊事，粉丸如意蜜香賢。
湯圓異曲成酥貴，壽果涵碎香九天。
藏藥洞賓成善意，東坑才子入官船。
重品粒下甜香亮，不覺人暖玉生煙。

【七律】二〇一九年九月十九日

及第粥

肉林酒海無寒暑，及第粥棚代代傳。
鄉裡典故閑事趣，史書銘曉才子翩。
雜底終成林中鶯，粥湯化開官路船。
豬碎異香別南嶺，煮開神州萬鍋鮮。

【七律】二〇一九年一月二十二日

小吃

乾蒸燒麥

煙籠羼竹花見客，哯茶燒麥醉黃昏。
肉蝦風味平南北，野筍山珍自相親。

【七絕】二〇一六年二月二十一日

籠仔飯

籠仔荷葉滿竹籠，臘滷香菇海味重。
漫裹清香融厚韻，嶺南嶺北花不同。

【七絕】二〇一七年六月二十五日

芒果糯米糍

椰漿糯米化神奇，粒粒芒丁舞芳籬。
悅目喜心千載過，黎民淡日聞雞啼。

【七絕】二〇一八年七月一日

韶關銅勺餅

客家百代出英豪，南雄「珠璣」看銅勺。
七素八葷輪坐餡，秋風把盞自吹簫。

【七絕】二〇一八年九月十九日

瑤山煙肉

乳源必背瑤鄉遠，煙肉紅吟臘味新。
酥軟可口行酒飯，吊腳樓下故人尋。

【七絕】二〇一九年八月八日

翁源爽脆丸

粵北呈天寶，鮮滑蘭裏香。
爽爽輕入口，脆脆美心上。
食粉托重料，豬糜掩糕漿。
精元夢中歸，萬裡不淒涼。

【五律】二〇一五年三月十三日

小吃

酸菜沙魚鼎

酸菜沙魚鼎，千年潮汕魂。
火燎鼎仔沸，香滿寨堂雲。
酸菜唱新歌，椒芹戀野村。
黃蝶東北去，昭告世間人。

【五律】二〇一五年四月三日

雙烹粽球

綿綿南嶺俏，一鍋粽球花。
蝦米五花肉，香菇紅豆沙。
蛋心臥底意，糯米含情家。
酒舍雖偏遠，鄉情勝玉華。

【五律】二〇一五年六月二十日

酥炸蝦餅

三江銜列島，潮汕智慧深。
一曲終不忘，八方徑向尋。
鮮香越九麓，酥嫩跨龍門。
世上情無數，殷殷蝦餅深。

【五律】二〇一五年七月二十四日

瀨粉

米粉變三巡，中秋月高明。
三鄉調漣滷，百年配濃凝。
絲蛋辣羅粒，花生頭菜丁。
蔥薑蒜處美，湯水看雲東。

【五律】二○一五年十月三日

滷風爪

紅亮照五洲，香濃滿春秋，
三天未走遠，尋茶急回舟。

【五絕】二○一七年五月二十二日

鉢仔糕

鉢仔九重糕，陶陶色玉嬌。
垂涎三百尺，台山路不遙。

【五絕】二○一七年六月十一日

荔蓉酥

麻酥香芋軟，入口化無魂。
精緻荔蓉酥，起早赴江門。

【五絕】二〇一七年七月二日

嘴香園杏仁餅

滿身鬆脆夢，歸來餅心甜。
賞月合家喜，緣於嘴香園。

【五絕】二〇一七年八月二十七日

中山蘆兜粽

粗桶蘆兜粽，攜來祭世公。
色符飄百代，更品味崢嶸。

【五絕】二〇一九年四月一日

墨魚餅

蝶花片落，煎鍋飄香。金黃酥軟，點滴滋浜。
內囊溶膠，兩面焦黃。墨魚精華，相合宜彰。
自古家訓，滋陰補陽。鮮韌佑口，佐餐精良。
清炒爲料，和拂煲湯。金田出衆，漁家榮光。

【四言詩】二〇一四年七月七日

馬鮫魚飯

陽江名點，翠灑斑輪。蔥薑油潤，燦如秋魂。
蠔油白糖，生抽雞精。裝點詩意，把酒推樽。
鮫葷相媾，情染天倫。水色金秋，大開心門。
雖入家常，依舊獨聞。婦孺老幼，一往情深。

【四言詩】二〇一七年十月十七日

豬腸碌

牛腩汁亮，豬腸碌饞。芝麻粉皮，豆芽蔥鹹。
段段有味，口口心安。世道登臨，新景翩躚。
火腿粉條，叉燒牛腩。一壺新茶，悠閑鄉間。
老友敘舊，朋黨纏綿。歲月流水，腸粉通天。

【四言詩】二〇一八年十月十二日

濠江魚丸

魚膾通聖，鼓角江城。達濠千載，伴水生靈。
雪球晶白，鮫鰻逢迎。鮮嫩適口，少老心寧。
養心足體，健骨強身。碧湯紫花，冬菇菜青。
爽情迎賓，天南奇珍。一曲千年，脈脈情深。

【四言詩】二〇一八年十一月九日

魚麵

魚糜如脂，華心托麵。寄語悠揚，情滿山南。
孕餅成絲，烹飪八仙。同燉俏肉，爽滑不沾。
曳如細絲，色白驚艷。火鍋配肴，烹炒燉煎。
先祖幽徑，細捋千年。當思吾輩，何以東延？

【四言詩】二〇一九年二有二十六日

擂茶粥

清遠山間，擂茶香幽。五尺茶棍，綠攪柿楸。
各色新葉，苦齋駁頭。狗貼牛沫，雷公碗籌。
油水茶漿，半裸半粥。生津解暑，祛熱盈丘。
客家老例，除病瘴休。千年猶載，《呂氏春秋》。

【四言詩】二〇一八年六月九日

捲筒糍

柔軟腸粉，晶白嫩嬌。英德古邑，江湧嶺濤。
早點炊煙，白霧飄飄。商旅行客，小徑石橋。
民生百代，透粉金條。翠花香仔，辣醬油膏。
芥末調情，紅油味高。千年不膩，小吃佳餚。

【四言詩】二〇一七牛九月十四日

陝西小吃

臘汁肉夾饃

臘汁肉香，白吉饃厚。相得益彰，百尺街樓。
中式漢堡，味滋難求。醬色冰糖，花椒辣油。
桂皮料酒，香葉八謀。盡材攫取，上味伐謀。
硬漢西北，嬌娘黃疇，高原渾歌，饃餅臘肉。

【四言詩】二〇一三年七月二十三日

臊子麵

岐山臊子數千年，祭祖神靈共長煙。
託福誠摯稱貴舉，恭喜壽誕托臊眠。
雲播細捋新婦巧，火孕香滷老湯鮮。
千里山河一碗麵，三秦大地盡開顏。

【七律】二〇一三年二月二十五日

金線油塔

千年美點穿金線，莫笑聞香下馬癡。
細軟絲絲煙籠月，綿香窩窩醬寫詩。
天公抖擻松初意，食客蜂擁花新知。
油塔紛紛開萬裡，先人聞訊淚巾濕。

【七律】二〇一三年三月十七日

蔥花大肉餅

祭奠玄裝香酥餅，入宮獨上禦膳魂。
但見山花年年變，不愁鍋臺月月輪。
峻峭山林終有水，蔥花肉餅出紅塵。
異香任行吹中土，再看江山卷舒雲。

【七律】二〇一三年七月十八日

辣子疙瘩

辣子尖尖臊子香，疙瘩點點望大江。
辣油秦鎮染紅嘴，漿水周至暖熱腸。
一碗油潑閃陋室，九迴烹技照宮牆。
壯漢西北秀珍品，古城歲月不蒼涼。

【七律】二〇一四年四有二十三日

油潑辣子

「陝西關中八大怪」，油潑辣子一抹紅。
秦椒艷艷成流片，芝麻脆脆做春瓏。
花生千歲填厚底，香料七味撲鼻中。
百代氤氳終貴氣，一曲天籟百戲生。

【七律】二〇一八年三月二十九日

漢中米皮

漢中石碾溢瓊漿，霧滿竹籠麵皮香。
輕蒜辣油纏嫩粉，惹得秦漢忘嬌娘。

【七絕】二〇一八年十一月四日

米脂羊雜碎

慧取榆綏雜碎影，精材細粉滷湯鮮。
紅蔥芹菜剛提味，文火綿綿送百年。

【七絕】二〇一七年六月十九日

米脂驢板腸

板腸歲月自清歡，野村衙府各有緣。
滷煮三番添香草，餘香百里橫山南。

【七絕】二〇一八年七月十日

麻食

拈麵圪飥搓野性，幾家案上滾禿形。
關中山曲千年醉，自有豪傑韻秋風。

【七絕】二〇一八年十二月二十九日

洋芋擦擦

豆絲裹麵四垂中，綿軟嫩心捧八擁。
醬醋油膏慢入味，只緣麻姐要采風。

【七絕】二〇一九年五月十七日

宜君窩窩麵

蛋面臥源窩，故園品種多。
雞湯調味女，肉末孕油婆。
姜末粘蘑弟，蔥絲攬蒜哥。
黃花核桃碎，一起向天歌。

【五律】二〇一五年五月二十六日

銅川大刀麵

大刀舞細麵，小宋有東魁。
鋪地展薄玉，劃天割細琿。
筋筋絲縷意，朵朵雨汗飛。
八百年飛渡，快快幾碗歸？

【五律】二〇一七年十一月二十九日

褲帶麵

聞聲窺麵寬，一邁越秦川。
辣雲生豪氣，燥雨滿花天。
粗狂情最貴，憤激愛如仙。
麵寬如褲捋，直齒落心安。

【五律】二〇一七年十月十四日

鹹湯麵

耀州風韻古，巷陌漫炊煙。
城孕薑蔥綠，油潑菜果鮮。
蒼茫看水逝，綿延品湯鹹。
父老艱難日，尚有美食篇。

【五律】二〇一八年二月二十六日

餄餎

幾股豆蓉長，無需論雌黃。
邊關三千里，代代臊子香。

【五絕】二〇一七年六月三日

鹿糕饃

扶風柱下窩，聖印鹿糕模。
千載隨行旅，天涯客行多。

【五絕】二〇一九年三月十九日

饊酥

鏊裏馬油酥，青紅乾果突。
乾州街裏找，竟是祭陵物。

【五絕】二〇一八年一月二十八日

同州棗滷沫糊

同州棗沫糊，無意踏廷廬。
雖有傷心事，東風吹玉株。

【五絕】二〇一八年四月四日

水磨絲

豬耳一絲白，膠原染綠苔。
茴香椒料煨，心潮浪花開。

【五絕】二〇一七年十一月二十三日

子長煎餅

雍州之域，黃野古河。淨腸蕎草，育村養落。
蕎麵漿水，一煎香蘿。銀白晶透，入紙超帛。
或裹豆干，或纏青婆。或摟肉糜，或攬卵灼。
如蓋如掌，瀝醋湯波。撲面酸辣，萬載歡歌。

【四言詩】二〇一九年七月七日

剁蕎麵

千溝萬壑，育養夏華。剁蕎絲縷，花開萬家。
繁燈酒肆，剁刀喧嘩，窈窕村婦，巧手待嫁。
羊肉臊子，鮮潤爽滑。炒煮酥綿，戀湯蔥花。
晉樓世界，源源東下。長河九曲，再迎新霞。

【四言詩】二〇一九年七月十四日

腕托

青白如玉，條縷依依。潤色濃鬱，翠絲秋怡。
撓爪民俗，柔軟嫩細。清香利口，蒜辛醋迷。
平遙腕托，少老相宜。涼拌生炒，香滿忻西。
古于先人，蕎草精焗。腕托風味，跨海天低。

【四言詩】二〇一九年六月二十二日

滷汁涼粉

秋陽似火，農夫汗淋。醬滷一鍋，涼粉深沉。
饃泡三碗，幾刨蕩盡。年光逐水，老曲承音。
爽口遐意，舒胃暖心。長安縣下，古風飄韻。
五香蛋花，麻醬畫魂。勾芡一卷，秦漢淚奔。

【四言詩】二〇一九年二月十三日

河南小吃

合記燴麵

羊湯嫵媚淫千古，合記豫府自路岐。
乳水憑舌舒心戀，寬皮透齒喚神宜。
七蔬九料味相匯，一韌三嚼情已迷。
華街冷巷攤頭熱，小吃一碗汗淋漓。

【七律】二〇一五年十月二十一日

驢肉湯

幾抹殷紅幾抹香，混混沌沌魅黃粱。
安心解鬱補中氣，舒肝止眩解瘋狂。
爛肉入糜燴大棗，香湯含脂美洞房。
玉爐生煙成紫氣，霞光一閃照洛陽。

【七律】二〇一五年四月二十三日

道口燒雞

河南道口義興張，世代遭逢煙火長。
幾曲坎坷成碑記，一縷青煙散雞香。
名草臥內形富貴，瑞蚨銜口色吉祥。
八公一抖盡芳流，雲山萬世自紅妝。

【七律】二〇一五年八月五日

漿麵條

文卷千年軼事多，綠豆酸湯唱笑歌。
勾粉挑漿生魅力，醃丁麻葉看家婆。
粗磨豆麵偎酵母，開花芹菜拌紅羅。
棋炒辣油不可少，韭花鮮醬嵩山多。

【七律】二〇一五年七月十五日

炸八塊

八半雞香飄四海，一隻雛筍萬人行。
蛋清裹粉換征衣，精料孕味訴真情。
三顧生油添脆骨，幾縷翠葉戲酒盅。
稚兒不知人中事，清江幾曲畫舊風。

【七律】二〇一六年七月二十四日

五香兔肉

汴梁野徑兔稱王，半罱玉米半鍋湯。
平添五香滷兔肉，八朝古都又輝煌。

【七絕】二〇一六年三月二十七日

皮渣

豫北山邊見古屋，霧鍋籠裏玉凝臚。
香煎海燴清歡裏，筋道絕品看功夫。

【七絕】二〇一六年十月十九日

花生糕

黃葉東京萬裡秋，花生芝麻入糖舟。
鹿邑積澱千年史，俏艷甜糕斷王侯。

【七絕】二〇一三年八月十九日

孔集滷雞

太康何豆創滷雞，孔氏繼人傳征衣。
醇厚酥滑肥不膩，迎來南北客依依。

【七絕】二〇一一年七月二日

油膜頭

面融五樣自來高，金燦簾酥醉晨宵。
漿乳汆湯慰眾腹。油膜千里笑阿嬌。

【七絕】二〇〇九年九月十九日

新安燙麵餃

麵餃蓮如玉，隴海任創先。
薄皮鋪西北，精餡美千年。
五味籠香匜，八方匯堂前。
餃肚凹凸至，花脊繡人間。

【五律】二〇一八年七月十一日

河南蒸麵

蒸麵欲難缺，豫鄉百味諧。
番茄添酸色，豆角燜魂曳。
疊炒全知味，急烹未有歇。
筋道成霸氣，四季花不絕。

【五律】二〇〇九年十二月三十日

煎糍粑

糍粑煎軟糯，黃玉竟相惜。
黑綢甜皮蓋，褐粉香肉棲。
石槌供筋杵，蘆竹搗粘衣。
糯米追人愛，少老各心機。

【五律】二〇一〇年十月四日

安陽粉漿飯

安陽曾古旱，井淺水漣漣。
粉漿充饑渴，雜糧入熬煎。
偶遇酸湯美，鑄就曠世饞。
紅塵花自俏，縷縷是炊煙。

【五律】二〇一一年十一月二日

小吃

177

牛屯火燒

牛屯有大集，過往人丁密。
酥脆火燒大，夾什醬香漓。
金焦八翻轉，紅爐十作揖。
百姓爭光大，庶民有朝夕。

【五律】二〇一二年四月二十一日

曹馬芝麻糖

曹馬安陽臥，麻糖遠近聞。
五百年未久，再盛萬年秋。

【五絕】二〇一二年八月七日

五香豆沫

五香絕豆沫，粟麵燴相知。
妙手回春老，乳黃翠綠時。

【五絕】二〇一五年五月十九日

角場營元宵

一品一村香，如玉月色蒼。
餡濃稠細嫩，彈糯各有方。

【五絕】二〇一五年十二月九日

開封灌湯包

白菊懸玉籠，媚湯送詩行。
精靈憑造化，情滿禹王城。

【五絕】二〇〇九年四月三日

媽糊

小米磨豆黃，白脂潤乳漿。
香甜忽爽口，媽影照心房。

【五絕】二〇〇八年三月二十一日

觀廟鋪臭豆腐卷

觀廟暖玉，片嫩生煙。茹毛燜卷，一品百年。
三處通衢，繁花爭艷。小吃天下，北國江南。
特色腐乳，烹炒魅戀。炸燜配菜，桃李交歡。
鄰客相邀，細問端顏。腐卷上湯，浪裏翩翩。

【四言詩】二〇一八年十一月九日

扒羊肉

汴京千載，庭筵百流。黃蔥白蘭，配湑中稠。
層層疊疊，溢脂神遊。紅紅艷艷，椒汁情勾。
溫性怡老，綿嫩五洲。茭唇晶厚，益補三秋。
七十二店，風騷曾由。萬家燈火，手扒何求？

【四言詩】二〇一九年六月六日

武陟油茶

二千年史，甘繆膏湯。武陟貢品，茶涉情殤。
亦茶亦粥，甜鹹猶芳。劉邦健體，雍正神張。
花生芝麻，肉桂丁香。枇杷砂仁，豆蔻茴香。
二十四味，細調精良，如潤如酥，飲者如王。

【四言詩】二〇一九年一月十八日

玄妙觀齋菜

玄妙齋菜，靈如山水。七百餘年，砥礪醉美。
素材之純，烹飪至偉。八方才藝，形色佳斐。
悅目爽口，質素葷詭。食客昭昭，扒溜炒燴。
魚翅山珍，海鮮火腿。無一倖免，驚魂素胚。

【四言詩】二〇一九年六月二十四日

湖南小吃

口味蝦

水下奇鰲灘湧遍，紅靈入洞自休閑。
一朝香堂成酒料，千里平疇永清歡。
紅亮香辣醒舊路，潤津鮮嫩秀程前。
三朋兩友又相聚，不知明天是何年？

【七律】二〇一二年二月二十五日

子龍郡罎子肉

褐皮晶亮辣又香，不忘子龍桂陽霜。
百姓擁戴成壇至，劉哥倍寵送銘妝。
太和貢辣偏一隅，郴州貧藝越洪荒。
誰將新綠伴左右？萬家崢嶸自清涼。

【七律】二〇一〇年三月二十七日

姊妹團子

薑氏花開竟雙重，甜鹹團子妙趣生。
北流紅棗桂花美，嫩肉香菇灌湯空。
二米浸佼滑漿水，雙嬌摯愛戀竹籠。
長沙圩場生新燕，飛去吳江月更明。

【七律】二〇一〇年二月二十四日

龍脂豬血

飛花豬血凝鄉夢，甘苦溫清玉帶寬。
清骨鮮湯心漫捲，菜雜精料魄生煙。
德輝稱號龍肝脂，八董綉名鳳雲天。
寒月一斟五腑熱，黃天眾眾歲月安。

【七律】二〇一〇年八月二十七日

醬板鴨

貢品醬鴨釋楚王，石紏千里孝傳鄉。
禦廚宜上長纓舞，板鴨江下歲月長。
調味山珍滋脾胃，養生藥材伴紅妝。
名肴一代成絕品，煙波莽莽四鄰香。

【七律】二〇一一年七月二十七日

薯丁粑粑

方方紅潤薯丁行，戀水戀漿蹈火中。
一抹茶油成瑰色，邊吃邊走日正紅。

【七絕】二〇〇八年四月十一日

銀絲花卷

絲絲縷縷亂如花，潤玉潔白惠萬家。
聞道千載乾坤轉，伴她日月到天涯。

【七絕】二〇〇八年五月四日

冰糖湘蓮

高祖劉邦愛湘蓮，紅白粉糯伴桂圓。
菠蘿青豆添佳味，道出真情桂花鮮。

【七絕】二〇〇七年十一月七日

湘潭燈芯糕

玉桂香彌芯小巧，易奎孝母喜盈門。
香油米粉隨糖去，片片燈芯謝舉人。

【七絕】二〇〇七年八月十九日

梅山三合湯

牛寶三合袪漢疾，一湯自來慘雲低。
後生只道鮮甜好，哪知張虎壯歸西。

【七絕】二〇〇七年六月一日

紫蘇田螺

斑斕五色春，碗下醉仙魂。
旋徑通幽谷，蘇縷自成林。
紅靈秀辣溢，綠彩會蒜勤。
螺仔安祥睡，酒香故園心。

【五律】二〇〇七年五月二十三日

腦髓卷

黃麵湘潭巧，玉香五味甜。

肥泥化苦楚，細甘會福珊。

入口銷魂處，留齒花徑邊。

雁開客未至，自有子孫饞。

【五律】二〇〇六年七月二十三日

石灣脆肚

三湘驚雷處，石灣脆肚香。

紅綠伴麻片，江河竟舟狂。

脆爽通香辣，綿鬱入腹腔。

人生竟樂事，響脆坐中堂。

【五律】二〇〇七年十月九日

火宮殿臭豆腐

陋不掩其秀，八方竟玉輝。

茶油文火煉，辣醬百蘊黑。

酥軟正後主，香醇寫古碑。

冬筍豆豉就，寫下臭花魁。

【五律】二〇〇七年七月二十四日

蟹黃鍋巴

顆顆儒蟹子，每每蟹濃香。
羹芡蘊鮮燁，巴酥塑脆章。
忘愁混沌月，驚喜劈啪湯。
鍋巴潤神味，小民做皇上。

【五律】二〇〇七年九月十三日

椒鹽饊子

萬縷金黃脆，條條沒入魂。
又臨佳日到，郎鼓夜叩門。

【五絕】二〇〇六年九月二十二日

和渣

和渣配翠娘，豆潤土家皇。
會當酸臨穀，眾卷一鍋香。

【五絕】二〇〇六年二月十八日

津市米粉

津市米粉香，龍鬚卷吉祥。
回漢分油碼，各自做君王。

【五絕】二〇〇六年九月二日

羊肉大麵

脯鹿羊湯美，紅油罩鄉秋。
巴東融古計，芫荽扮綠州。

【五絕】二〇〇六年四月二十九日

棲鳳渡魚粉

鄉野魚香味，大雅可上堂。
雛鳳立志粉，千古伴大江。

【五絕】二〇〇五年九月五日

桐葉粑粑

陳蓁詠桐，難爲知心。蒿菜粑坨，千年相溫。
川貴兩湖，鄉愁無痕。糯綿甜香，臘肉菜丁。
野蒿粑粑，桐哥溫馨。慈母掀扆，鄉情深深。
遊子望鄉，隔水無門。粑粑童趣，如煙如魂。

【四言詩】二○一八年八月八日

乾煎雞油八寶飯

雞油果飯，色麗味鮮。八寶傳下，噪譽三山。
糍糯儒雅，紅潤香甜。桂圓百果，桃仁橘柑。
喬餅青梅，紅瓜白蓮。秀棗黃櫻，雞油糖拌。
瑰如燦玉，誘攬群仙。乾煎之時，月燦雲天。

【四言詩】二○一八年三月二十八日

小吃

遼寧小吃

李連貴熏肉大餅

連貴餅香東北漫，天涯兄弟正消情。
油酥焦脆金黃面，香熏肥瘦碼紅盈。
甜醬蔥絲滑滿月，小米綠豆斂湯濃。
香心剔透棕紅肉，一代先輩汗水中。

【七律】二〇〇四年九月二十三日

老邊餃子

邊福偶遇清香餃，厚道真誠獲真諦。
馬架撐起兄弟業，味鮮攬卻姑嫂戲。
一煸一煉生鮮餡，專心專意事薄皮。
路上中街人熙攘，東風吹皺老邊旗。

【七律】二〇〇四年五月二日

老山記海城餡餅

火神廟巷青煙冒，毛氏殷殷月正閑。
重餡鴛鴦隨湯色，清新蔬菜松香丸。
焦黃餡餅心如火，滿園鄉音意生煙。
葷素濃淡走四海，寒天暖閣醉紅顏。

【七律】二○○四年八月十日

包兒飯

綠葉一急入飯舟，罕王自此不糧愁。
《酌中志》下早記載，三江屯裏度春秋。
新綠小蔥添情趣，老香大醬美過頭。
烹香什菜攜其味，其樂人生盡忘憂。

【七律】二○○五年四月十九日

張久禮燒雞

久禮燒雞匯魯宗，簡房易室話西東。
金燦出浴嫩知味，翹首爭雄香無聲。
老驥伏櫪尋夢寐，憨生執著守藝精。
潤味爛芳邀舊友，東籬茅下酒正濃。

【七律】二○○四年八月十二日

紅烤全蝦

紅艷爭鮮蝦仔亮，樓臺香霧看霞光。
斑斕塗色牡丹美，炙熱甜嫩玉帶香。
青透小龍昨戲水，白潔如玉今入腔。
人間萬世無公理，野魂漫天人做殤。

【七律】二〇〇四年十月二日

馬家燒麥

簇簇白菊霧裏開，香芯碧點美自來。
三位牛寶呈賢貴，嘉慶馬春自剪裁。

【七絕】二〇〇五年九月二十三日

炒燜子

地瓜澱粉自成章，燜子披紅愛綠裝。
滋味滿滿鮮嫩辣，養肝降逆散寒涼。

【七絕】二〇〇四年二月二十七日

酸湯子

酸湯麵自小樓東，淘泡磨發瀝誠工。
鑽湯妙手垂千古，醬香金縷轉瞬空。

【七絕】二〇〇三年九月一日

蕎麵盒子

自古祖宗曆滄桑，野蕎薏米做食糧。
如今成就餐中寶，蕎麵盒子走四方。

【七絕】二〇〇三年二月十六日

波浪葉餅

新賓簹閭長，波浪葉餅黃。
大葉柞更散，水芹條晚香。
高粱水面嫩，粉頭豆花藏。
滿人采精細，先族造晨芳。

【五律】二〇〇三年九月二十六日

蘇耗子

高粱粘米麵，蘇子伴嫁娘。
香鼠催情處，巧婦現華章。
豆糜翻蜜水，苲葉做衣裳。
慧滿鼻舌欲，小阜也輝煌。

【五律】二〇〇三年三月二十七日

豆麵卷子

滿人出野麓，五穀認作糧。
粘米鶯歸巢，「突拉」燕上樑。
高粱糯如意，豆麵炒才香。
一朝得溫飽，百代不驚慌。

【五律】二〇〇四年十一月十四日

黃金肉

遼滿珍饈首，清皇座上席。
始王急生智，小廚亮心機。
代代宮敬典，每每龍做衣。
油酥香嫩肉，軼事古來稀。

【五律】二〇〇五年八月十六日

粘火勺

粘米各鄉韻，黃白美至今。
豆沙迎百代，椒鹽慰民心。
農家和乳酪，蜂蜜添香榛。
偏有芝麻巧，何須千里尋？

【五律】二〇〇二年十月六日

黃蜆炒米叉子

丹東叉子秋，喘喘幾人頭。
黃蜆又上岸，苞坏重下舟。
新紅伴老綠，美味解舊愁。
旌酒爭高市，遼東不枉遊。

【五絕】二〇〇三年七月二十四日

乾醬肉

棕紅伴嫩香，片片秀脊樑。
醬肉千家燉，奇才出錦鄉。

【五絕】二〇〇三年四月四日

北鎮麵茶

北鎮老街頭，麵茶潤甘喉。
無需空贊美，但見人流稠。

【五絕】二〇〇二年三月十五日

伊斯蘭燒餅

海潮燒餅魅，金面送酥焦。
精藝八甘錦，義縣起風騷。

【五絕】二〇〇一年九月一日

溝幫子燒雞

風翻曆頁，淡雲百年。溝幫立名，燒雞添艷。
尹氏玉成，行善結緣，偶遇之師，冉芳涓涓。
四代老湯，薪火相傳。六道精工，宮廷禦膳。
三十種料，各路鄉賢。毋須細描，一口悲歡。

【四言詩】二〇〇一年一月七日

蔥花缸爐

遼陽清尊，點心缸爐。烘焙之術，易解難疏。
蔥花異香，未焦未芳。酥面如意，椒鹽兼幫。
花生跑馬，碎米環疆。餡漾翹首，炙手難張。
紅褐乳白，有吉聯祥。偏安一隅，竟出文章。

【四言詩】二〇〇〇年七月十五日

江蘇小吃

南京鹽水鴨

金陵八月飄黃桂，鴨肴阡陌紫麓芳。
夫子廟下尋燈舞，白鴨皮下醉生狂。
執迷鴨味千年遠，消跡創人霧中藏。
曾似帝王杯酒地，再聞萬戶千家香。

【七律】二〇〇〇年九月三日

開洋乾絲

茶亭後院曬湖米，細縷乾絲永和園。
嫩而不破雞湯潤，乾又未老麻油鮮。
薑絲黃嫩細如髮，城老門東街裏歡。
漫捲詩書隨衆去，又得名曲似神仙。

【七律】二〇〇〇年二月十九日

南京五香豆

小小蠶豆故事長，母慈兒志入朝綱。
五香豆伴狀元去，寒夜月下碟裏香。
軟嫩甜鹹品山水，妙趣彈柔悟情長。
重臨廟下魁光閣，又聽兒歌自遠方。

【七律】二○○一年八月十一日

秦淮八絕

黃橋燒餅肉牛湯，什錦蔬包嘆五香。
澆面雞絲蔥油餅，桂花夾心嫩開洋。
奇芳閣下經煙雨，六鳳居裏聞古方。
初看瞻園薄皮餃，八絕萬代秀華光。

【七律】二○○一年五月十六日

蟹殼黃

運河古鎮四街坊，何處青煙饗饑腸？
不料撲鼻香氣醉，回頭廣告蟹殼黃。
殼香焦脆芥菜芯，軟嫩油迷白沙糖。
餡下豆泥殘燈後，便攜千葉裏蔥香。

【七律】二○○○年十二月九日

梅花糕

青紅絲彩花心亮，朵朵白梅暖故鄉。
糕下迷眼情已亂，聖上有意嘆蒼涼。
賜名梅花傳千古，撒惠黎民享甜香。
今日店堂多才人，百花爭艷味蕾芳。

【七律】二〇〇〇年四月十二日

蘿蔔絲餅

軟嫩儒綿君子相，淡出素土濟寒鄉。
絲連貴氣攀黃燁，脂沁辛鮮敬高堂。
兩麵焦黃群筷飛，八碟酸辣玉蓉香。
霞光東起廳堂亮，笑語歡聲額面光。

【七律】二〇〇一年三月七日

糖芋頭

初秋冬月各分明，糖染芋頭總關情。
稚女鄰家三兩隨，幼兒莊戶前後擁。
歡欣雀躍分甜芋，欣慰慈母笑無聲。
柳眉紅面桂花心，一團喜慶人間行。

【七律】二〇〇〇年七月二十四日

海棠糕

百年海棠花糕軟，姹紫嫣紅美人胎。
豆沙夢躲海綿被，飴蜜輕沾鳳凰台。
絲果瓜仁成伴侶，芝麻油板送福財。
百年甜點尋花客，錦餅海棠吳江開。

【七律】二〇〇二年十一月九日

無錫肉骨頭

醬炙排骨駐神仙，陸稿薦裏生紫煙。
濟公和尚出硬梗，三鳳橋頭東風饞。

【七絕】二〇〇三年二月十二日

八股油條

泉山馬氏八股黃，八坯團圓祝福綱。
焦脆一口三百載，豐儲河畔世風香。

【七絕】二〇〇〇年四月二十一日

徐州米線

米線江湖上，醬香拌辣油。
魂飛千裏外，心入魅中游。
骨湯調香味，蝦乾慰五洲。
同是米粉線，爭爭上徐州。

【五律】二〇一二年三月十六日

桂花山楂糕

楂糕詩古趣，再看北江紅。
花徑散黃葉，荒坡羞丹濃。
白糖深浸潤，玉桂入膏淩。
殷殷成細膩，酸甜醉我情。

【五律】一九九九年五月二日

大麻糕

驛路通蘇皖，偏尋大麻糕。
道光長生創，盛世人海濤。
煙火飄青霧，芳鬱過路橋。
香酥脆不斷，代代戀麻嬌。

【五律】一九九八年六月十一日

溧陽風鵝

子胥創風鵝，伊氏情又托。
草雛天目靚，香稻臘月窩。
絢麗驚山野，滑鮮過江河。
歸來形秀美，萬世不蹉跎。

【五律】一九九九年七月二十八日

加蟹小籠包

「十客加蟹」走，包秀頂紅妝。
蟹香白水洲，正巧月坐堂。

【五絕】一九九八年四月一日

銀絲麵

銀絲芳草戀，一捧老情懷。
涕淚揮歧路，想起味香齋。

【五絕】一九九八年十月二十三日

蜜汁火方

金華火腿香，蘇州扮火方。
甜滷殷紅肉，天涯暖客商。

【五絕】二○○一年三月三日

蘇式月餅

蘇月意深深，匯精巧料心。
三千饌膳史，終會稻香村。

【五絕】二○○○年七月十二日

蜜汁豆腐乾

晶晶黃四冠，再謝好鄰婆。
百味攜香蜜，款款玉唱歌。

【五絕】一九九八年九月六日

鴨血粉絲湯

金陵鴨饌，精藝肴邦。胗肝柔嫩，血凝白湯。
滑腸迷肫，綢繆擔當。油菜一把，金果數方。
粉絲調情，顧李憐張。清油解膩，鮮潤融薑。
香菜蒜汁，酸辣椒芳。梅茗之創，四海盈香。

【四言詩】二〇一八年三月二十五日

拆骨掌翅

碟央金黃，足翅合宮。拆骨無徑，翅下香風。
筋頭滋味，甜美逢迎。肉膀之腱，甘嫩意終。
吳民之土，靈巧天中。衣食住行，無一不精。
鴨掌嬌脆，翅肥玲瓏。深滷重味，伴酒魂空。

【四言詩】二〇一八年十二月五日

漣水捆蹄

彎月羞花，殷紅雋甘。楚楚醬香，澄澄黃邊。
淮安漣水，野鷺湖仙。垂名捆蹄，百年流連。
雲福兄弟，精緻錦弦。鹹辣香魅，慢嚼品甜。
柔韌如醉，喜淚生煙。層層疊疊，古譜今顏。

【四言詩】二〇一九年七月十四日

西亭脆餅

複隆茂號，創史稱雄。西亭小鎮，妻賢夫能。
粗貨茶食，細巧精靈。東風送香，愕首回驚。
細數金珠，十八酥層。二十八序，百年風鈴。
達官有拜，皇室鞠躬。新朝開泰，爐或崢嶸。

【四言詩】二〇一四年四月八日

桂花糖藕粥

糯米稠稠，軟藕悠悠。桂花香濃，甜潤如鈎。
一曲摯愛，心神舒透。玉階三丈，赤子重遊。
花生大棗，節比中流，排壽養心，天地良粥。
情侶佳愛，排憂解愁，大江上下，再現風流。

【四言詩】二〇〇八年十月二十七日

參燕八珍糕

參燕八珍，自出名門。八味真補，益氣凝神。
脾胃舒通，積滯消頓。藥食同源，開濟拳心。
日有新輝，朝燦紛紜。四型八款，霞滿華雲。
東台鳳凰，德昌真魂。客淚千古，躬叩裕人。

【四言詩】二〇〇〇年七月十八日

安徽小吃

寸金

窈窕麻糖細寸分，柔芯脆表笑紅塵。
小柱端撒呈筆溢，艷香輕舞桂花魂。
寸金糖表桔又香，盧州人文脈有輪。
佳節燈宵輝舊市，小吃俏隱包河門。

【七律】一九九八年三月十三日

麻餅

江山萬裡多麻餅，自古合肥故事長。
北宋小餅似金錢，德勝大果創贏邦。
殷勤東泰成終至，銜趣皖食喜鴻章。
名揚華夏成金彩，食之皮松裏外香。

【七律】二〇〇三年七月二十四日

白切

隱乳白透明香脆，淮北淮南各自飛。
古鎮桐煬明月色，淮河南北夢中歸。
數盒白切湧春喜，萬點芝麻忘秋悲。
又有黑妹來相伴，何患人生有是非？

【七律】二〇〇〇年八月十一日

合肥烘糕

烘糕佳話半隨風，百年金黃戲正濃。
可口香酥平哮喘，甘甜美味潤肺宮。
順興老號聞香鬱，廬州長街看疏鬆。
遠客出來若有意，循香花至外來翁。

【七律】二〇一一年八月二十八日

廬江米餃

北方餃子竟稱王，不懂江淮稻米香。
金餃彎彎鳴茶鼓，年斜陽暖暖看大江。
廬江米餃尋知己，崗下林鶯正入堂。
皖水街頭三步走，再尋回首浴油旁。

【七律】一九九七年十二月七日

烏
飯
團

目蓮烏飯成佳話，春夏之交染菽尋。
烏色油光鮮味美，四月初八古風存。

【七絕】一九九八年七月十二日

酒
釀
水
子

酒釀水子出蕪地，千年醇香糯米甜。
長者安生婦孺笑，月明鄉佬日團圓。

【七絕】一九九七年八月八日

送
灶
粑
粑

送灶粑粑言好事，七村八寨降吉祥。
餡心米粉送灶爺，一面花開半面黃。

【七絕】一九九八年二月三日

小吃

蕪湖餛飩

餛飩各處有相知，食客江東匿古詩。
一碗皮薄香餡美。曾是百年最情癡。

【七絕】一九九七年三月二十七日

義門羊肉湯

素色白湯一碗香，秋涼夜雨奔渦陽。
不為金榜爭榮耀，只為義門羊肉湯。

【七絕】一九九七年三月五日

蕨根粉

自古蕨根補，良方本草藏。
滑腸通便劑，清熱解毒湯。
絲絲銜酸辣，煜煜入城鄉。
千年古風變，娓娓出宮墻。

【五律】二〇一三年三月十三日

無爲板鴨

無爲攬水湖，古有板鴨殊。
精緻百佳味，歌懷一艷孤。
斬香 肫爪，小醉夢月都。
好景正有意，何患歲月枯？

【五律】二〇一四年十一月九日

八公山豆腐

八公山論道，未巧出華章。
天地豆腐行，世代衆人嘗。
開天喚日月，新生笑夕陽。
拜敬楚山魂，劉安入天堂。

【五律】二〇一六年四月二日

徽州餅

徽州文化深，代代古風聞。
達意棗泥裏，瀟灑麻籽尋。
斑斑嬌褐餅，隱隱世綸巾。
博大從管窺，酥 攜古今。

【五律】一九九六年五月七日

糍糕

終見淮南餅，糍糕盡人求。
金黃成喜色，軟糯盡忘憂。
鄰裡翩紅豆，香河泛紫舟。
酥粿多姊妹，樣樣靚湖州。

【五律】一九九六年八月十八日

當塗肥腸米線

小徑紅燒味，蒜蓉炒醬香。
紅油溶百料，白細裹肥腸。

【五絕】一九九七年三月十九日

大肉麵

問世東波肉，平刮肉麵風。
一股千載樂，晨暮到河東。

【五絕】一九九六年四月二十二日

一品玉帶糕

玉帶玲瓏巧，蓮桔桂色梅。
百寶求嫩裏，一品狀元追。

【五絕】一九九七年九月五日

姥橋花生酥

陳氏創酥糖，姥橋是故鄉。
香甜一口脆，默默走八方。

【五絕】二〇〇九年十二月三日

臨渙培乳肉

半透俏紅桔，臨渙乳肉香。
培乳從不膩，四海永留芳。

【五絕】二〇〇七年八月二日

椒鹽豬手

豬手憨憨，先煮後煎。舜耕山下，大通村前。
喜事盈鄉，幽香綿綿。回首大碟，驚異愕然。
焦黃酥味，一骨撐天。緬啃吸吮，慢嚼細咽。
筋頭肥腴，軟嫩相連。集香聚味。萬古流傳。

【四言詩】二〇〇九年八月二十五日

頂雪貢糕

頂雪貢糕，古典錚錚。安石賜名，神宗托鼎。
代代朝膳，歲歲香風。天柱人傑，歷史殊榮。
其薄如紙，拈片屏風。精白如雪，悠燃燭燈。
朱棣盛贊，慈禧垂青。五百年來，依舊蓬鬆。

【四言詩】一九九九年六月二十一日

蔣大順米查肉

江岸彎彎，風味翩翩。楂肉百年，大順朝天。
五花肉瓣，精切細斂。蒸燜得當，粉香肉甜。
酥爛滑潤，得道升寰。酒樓宅室，惠滿人煙。
昔人之創，福縱天干。蔣氏功名，萬眾流連。

【四言詩】一九九九年二月二十日

桐城水碗

水煮日月，謝恩渠吟。清湯細膾，悅彩紛紛。
禽肉蛋蔬，香全底蘊。麻菇竹蓀，黃花紫雲。
桂圓紅棗，各色果珍。攜筵入水，一曲桐魂。
小城水碗，妙已天成。八百年來，風雨同行。

【四言詩】一九九九年七月四日

京彩松花皮蛋

松花皮蛋，天長奪魁。弧屏錦繡，明暗天垂。
渾透明目，細枝巍巍。紅綠羅蘭，百色爭輝。
南海之宴，北國之炊。東山邑廚，西域火魁。
松花四散，五味同歸。滁州鴨卵，京彩鑲輝。

【四言詩】二〇〇〇年七月二十日

九華素餅

九華山高，地藏興廟。佛光萬裡，修行傳道。
信女善男，千里迢迢。虔心素食，甜餅傳昭。
黃精入稟，麻油潤槽。精粉厚致，玉芳果肴。
八百寺下，緬懷閣老。又嘗斯餅，肅未香消。

【四言詩】一九九六年九月九日

福建小吃

蚵仔煎

生蠔半烙薯粉簾，黃蛋青油葉配弦。
金海澄澄崖鬥瀝，綠舟淡淡味雲鮮。
曾經鄭氏平外鬼，後代苦人慰饑寒。
蚵仔煎餅終福報，防癌明目伴月眠。

【七律】一九九八年六月二十六日

土筍凍

泉州海下有星蟲，娓娓膠原未有聲。
《閩小記》中談精緻，《五雜俎》裏鑒生平。
數隻土筍凝膠厚，十餘配輔入禪中。
時令冬春有佳餚，星蟲今日沐春風。

【七律】一九九六年十一月十九日

扁肉燕

肉糜番薯巧鋪張，扁食街街自來香。
老廚棒下成薄紙，禦史口中喜心狂。
巧靈肉燕飛千里，半透玉壺寫華章。
柔嫩鮮淳晶似玉，攜福太平有吉祥。

【七律】一九九六年四月十五日

麵線糊

閩南風味多如嶺，麵線糊湯又天殊。
別看番薯調艷滷，回首葷素入香糊。
酸甜辛辣油條軟，腸肝蛋肚馬蹄酥。
晨曲一隻天連地，豪情萬裡望天舒。

【七律】一九九七年三月三十日

沙茶麵

沙茶煮麵看湯頭，異域風情客未愁。
魚丸擒鮮蝦擁寶。墨花排嫩蟹出油。
西蘭綠朵終輝艷，香菇畫屏揮重邅。
普陀山下幸運仔，攜來香粉入神州。

【七律】一九九五年十月十六日

鼎邊趖

臺灣福建育白蓮，漿粉翻身變貂蟬。
四款山珍成錦綉，黃花碧葉最有緣。

【七絕】二〇〇三年九月四日

馬蹄酥

同安馬蹄酥千里，太宗一別下閩南。
鬆軟酥香爭甜潤，馬蹄壁上看紅顏。

【七絕】一九九五年五月十八日

黃勝記肉乾

嬌紅艷玉肉乾芳，大將旗下看知江。
一脈黃金香港廈，灑淚千里到南洋。

【七絕】一九九五年五月二十九日

花生酥

花生酥滿九州梁，唯有廈門出貢糖。
入口即化甜無膩，鹹光芯餅自包藏。

【七絕】一九九五年六月四日

廈門餡餅

崢嶸夏日清涼夜，餡餅香酥忘春秋。
烏龍茶香淩四柱，甜鹹各色入茶舟。

【七絕】一九九五年六月二十二日

豆漿米粉

豆漿春素浴，細細月羞魂。
脆脆花生果，娓娓豆芽茵。
醬鹽隨心意，滷醋各紛紜。
躍躍蒲陽走，鄉俗自相親。

【五律】一九九三年十一月七日

紅團

紅團迎老客，節慶浮祥雲。
綠豆睡糯米，粿坯綴玉紋。
殷殷頭上喜，朗朗一世坤。
拱手爭相拜，廊下夜風親。

【五律】一九九六年九月十二日

莆田煎粿

石室岩煎粿，空天自有音。
米薄香妄意，蔥綠亂人心。
季菜融漿水，花生自遠村。
耍鍋出蟬翼，喜泣淚沾襟。

【五律】一九九六年十月五日

泥鰍粉乾

泥鰍入味崆，薑醃酒逢迎。
閩粉傍鮮嫩，碧花送婉情。
鮮鮮嫩玉脂，縷縷簇香瓊。
人間消魂日，偏在南霞中。

【五律】一九九四年三月三日

蕨須包

蕨芋伴做衣，木薯戀為泥。
八餡自多情，滑皮軟心怡。
北土餡香厚，南越瓢鮮奇。
蕨須包軟嫩，爽爽笑東籬。

【五律】一九九五年八月二十三日

燙嘴豆腐

海鮮陪玉脂，筒骨送鮮湯。
重浴佳人魅，人生不淒涼。

【五絕】一九九五年八月二十八日

寧化魚生

魚膾數十重，自古讀《詩經》。
蔥絲隔芥滷，操刀聽分明。

【五絕】一九九五年九月二日

碧玉卷

邑人葉祖洽，高中狀元郎。
碧玉卷托路，千年送吉祥。

【五絕】一九九五年十月六日

沙縣板鴨

紅嫩裹焦黃，山間峽穀香。
冬閑歲月裏，沙縣麻鴨慌。

【五絕】一九九五年四月二十四日

芝麻鹹餅

芝麻點點香，鹹餅扮脊樑。
會友八方味，人老思爹娘。

【五絕】一九九五年三月十九日

洪瀨雞爪

悠悠洪瀨，閱歷千年。煜煜東溪，養人聰靈。
嶙嶙雞爪，妙手生盈。貽慶老人，拓路開程。
爪潤百味，色金紅澄。口含半條，醉溢抒情。
朋黨聚會，觥籌叮鈴。洪瀨雞爪，陪伴天明。

【四言詩】二〇〇八年一月二十二日

海澄「雙糕潤」

月港繁雜，商賈雲集。適逢婚慶，糕粿登席。
祥哥老號，踏浪先驅。冬瓜甜媚，肥油細瀝。
糯米冷侯，「鐘臼」成泥。閑混芝麻，花生碎遺。
戀口如膠，栗子蔥栩。先人之數，凜凜如旗。

【四言詩】二〇〇九年四月十五日

貓仔粥

詔安賢婦，孝悌擔當。夫憐其惠，偏置「貓糧」。
精米蝦仁，香菇肉湯。椒粉蒜丁，紫菜香囊。
粥品之上，更有情殤。三十年後，戲說衷腸。
歲月冉冉，風範彰彰。閩南食路，自溪向洋。

【四言詩】二〇〇八年七月八日

閩南春捲

《歲時廣記》，錄食春餅。成功初卷，百姓至誠。
各色蔬香，燴巧生靈。海蠣鮮鮮，山果盈盈。
餅薄如紙，八彩臨風。合味神志，蔚然正濃。
情隨絲脈，魷拧玉峰。愷愷碎碎，體味人生。

【四言詩】一九九七年三月二十七日

江西小吃

南昌米粉

五胡亂華榨米條，各異生熟韌筋高。
千里奔攜成往事，萬縷嬌嫩偎江胞。
麻油香醬蔥花旺，老醋蒜末薑粉嬌。
最是蛤蟆街上歡，紅油辣子嘴吹簫。

【七律】一九九四年六月八日

白糖糕

贛水逢生濟世波，阡陌路口看茶桌。
茶緣春韻沉半底，佐料糖糕飆弦歌。
綿軟焦香情不斷，聚回離散盼新說。
此情長守甜心在，白糖糕下不蹉跎。

【七律】一九九三年十月十二日

金溪米粉

疏山寺北撫河西，米粉房中正卷席。
徑透游游蛇入水，裸白縷縷龍作揖。
八方輔菜成親友，四味調和燴巧棋。
自有金溪金貴處，捉來桂樹當馬騎。

【七律】一九九五年五月十一日

城水粑

豆莢稻杆城灰香，米粉蒸籠竟張狂。
薄片紅椒絲柳細，熏煙臘品嫩筍黃。
寒婆知若誠欣喜，岳軍常思謝軍糧。
供台粑果瞻天下，景德鎮裏看朝陽。

【七律】一九九三年二月二日

油條包麻糍

一抹紅麗自朝陽，街巷紛紛麻果香。
油鍋騰騰黃金棒，案上綿綿糯玉瓤。
芝麻攬盡人間暖，蔗糖驅走世上涼。
香甜一路迎風雨，包糍油條滿故鄉。

【七律】一九九七年七月十二日

塔前糊湯

東埠碼頭水岸平，尋痕蕩蕩踏歌聲。
驅船移近歡聲暖，聞風撲面香風行。
才望糊湯招人去，又聞廊內醒酒風。
百料入糊香艷日，一品銷魂忘西東。

【七律】一九九八年九月二十二日

齊雲山南酸棗糕

南酸棗下古山隆，天使星星撒雲中。
紅黃酸甜扮糕侶，齊雲山美棗糕紅。

【七絕】一九九三年五月五日

九江桂花茶餅

貞觀香麻餅，薄黃飾白華。
酥鄉皮脆甜，青山罩碧花。
茶餅呈歷史，桂香辟穢狎。
千年半桶酒，今朝一壺茶。

【五律】一九九五年四月二十五日

魚
餅

魚餅惠瀟湘，珍妃入膳房。
滑珠形若脂，鮮雲味成彰。
四海接西山，八方漫嫩湯。
千年魚餅事，代代做文章。

【五律】一九九五年四月二十四日

芋
子
餃

門後搗芋爛，萌番配月墙。
八門五彩餡，海味野花瓤。
鄉客除夕樂，故人年後忙。
嫩滑芋子餃，思念老爹娘。

【五律】一九九七年八月十九日

牛
皮
糖
薯
乾

薯片雖粗陋，精培卻有心。
翩翩嬌縷細，娓娓喚古今。

【五絕】一九九五年三月十六日

河北小吃

餄餎

清廷太后欲相留，「擱著」成名半國遊。
細作粗糧攀權貴，絹紮枯草飾諸侯。
玉田大餅黃酥暖，遵化小菱暗香流。
最是唐山風味好，萬千過客找鳳樓。

【七律】一九九七年三月二十八日

缸爐燒餅

缸爐橫臥逞焦黃，密密麻麻潤滋腸。
四棱層層藏寶氣，一凸點點散晨香。
樂亭老化擁心計，缸爐燒餅伴火墻。
晨早天藍阡陌裏，笑自揣餅上學郎。

【七律】一九九六年八月二十日

棋子燒餅

小小穀圓酥半透，黃金棋子秀塵寰。
臘腸火腿香芯美，什錦焦糖紅絲甜。
點點芝麻垂古月，薄薄油脂燦雲天。
溫柔上下終成果，豐潤「棋子」走玉鞍。

【七律】一九九九年九月三日

唐山懶豆腐

豆乳糜糜各菜香，霧中江風伴悠揚。
懶漢千般自有計，一支鴻曲到船幫。

【七絕】一九九七年六月十一日

武安拉麵

兄弟拉麵月登山，筋道滑爽自來鮮。
會當有幸登臨處，雙腿撇開奔邯鄲。

【七絕】一九九八年九月二十四日

驢肉灌腸

永年驢肉貴，芳心入蒼涼。
豆粉迷心竅，名貴抹魂廂。
蘊紅香千里，儒嫩醉無疆。
龍肉天上有，驢腸滿地香。

【五律】二〇〇一年七月十二日

武氏燒餅

大郎炊餅久，代代逞風流。
碧草綻春色，爐火烘麻丘。
小樓聽夜雨，脆餅伴寒秋。
武氏樸素漢，域名千古留。

【五律】二〇〇二年三月十日

廣宗薄餅

廣宗薄餅尋，集在李懷村。
香軟金黃嫩，不悔遠道人。

【五絕】二〇一九年八月三日

小吃

231

驢肉火燒

火燒驢肉靚，黃脆伴留香。
攛去三公宴，驅車保定忙。

【五絕】一九九八年四月四日

定州燜子

子瞻知州，濟災烹孿。碎碎棱面，去憂解煩。
後人相繼，薯蕷粉銜。滋陰壯骨，斂汗養肝。
片片入腸，歲歲清歡。經年鮮清，紅潤流延。
二十餘味，軟嫩肉鹹。定州福星，盈世千年。

【四言詩】一九九六年六月十八日

糖麻葉

野塘小徑，三兩人家。裊裊炊煙，暗香飛霞。
東籬牆下，油鍋泛華。雙色麻片，點點星花。
黑白和韻，香脆掉渣。紅糖夾餡，漫撒芝麻。
小吃千載，譽滿中華。老兒念念，無奈沒牙。

【四言詩】一九九七年五月十五日

內蒙古小吃

蒙古奶酪

天涯碧海草豐盈，蒙疆牛羊滿地興。
奶酪酸酸獨自貴，鴻鵠渺渺九天橫。
悲歡離聚獨一曲，淡恬晨昏伴三生。
奶酪生熟各有味，千年貴氣入西風。

【七律】二〇〇五年二月九日

武川莜麵

陰山北麓通白道，引來胡夷歷代留。
燕麥迎風搖萬載，莜絲順勢解千愁。
會當富貴豐腴日，又有賢婦理亂舟。
湯片椒拌舒漸影，緩緩涓水戲春秋。

【七律】一九九五年十月二十六日

香炒米

風吹野黍滿秋涼，烹炒高蓬糜米香。
「勒巴達」袋救可汗，千年美味自端詳。

【七絕】一九九四年八月二日

焙子

焙子有八品，白頭奏樂章。
方圓各有味，甜咸任誇張。
三淨拍打聲，一火爆衆香。
小餅通日月，綿綿人跡昌。

【五律】一九九八年五月十七日

燒罕鼻

八珍留異曲，青嶺有駝茸。
罕鼻嫩清脆，燒汁抹香凝。
孤城人跡少，美食香風行。
千里難尋匿，負我一片情。

【五律】一九九七年三月二日

奶豆腐

凝奶美如玉，提攜便做糧。
殷殷透乳秀，鬱鬱散奶香。
鴻宴各紳士，小食入矮墻。
酸甜隨口味，舉杯看大江。

【五律】一九九六年三月三十一日

湯粉餃子

阿拉善映月，粉湯餃相逢。
酸辣蔬坨顧，汗流豪氣生。

【五絕】一九九三年六月七日

黃米切糕

四彩掛圖黃，紅甜棗更香。
年年生寓意，妥妥送安詳。

【五絕】一九九三年八月八日

蒙古涼粉

「東京夢華」，北宋凝媚。涼粉千年，自曲自吹。
北天南雁，異曲天迴。和碩端靜，手薦蒙規。
麥蕎滔滔，剪綵智慧。合盤清馨，顫顫巍巍。
五色醬醋，香艷爽薈。彈嫩知己，駕雲春雷。

【四言詩】一九九四年四月二十八日

對夾

塞外通衢，蛇龍混雜。赤峰對夾，知己還家。
乾隆禦宴，君臣獨狎。金黃酥皮，熏肉八卦。
起源杠子，老街哈達。冀北文玉，輾轉靈發。
升隆複起，口感絕佳。一錘定音，萬戶千家。

【四言詩】一九九八年五月二十四日

雲南小吃

雲南鮮花餅

滇國花香染雲霞，玫瑰翻身入餅家。
去尾藏頭香如故，依山傍水酥掉渣。
金皮紅心霸王氣，素娥綠茶玉娘花。
池上煦風應有意，芬芳伴我去天涯。

【七律】一九九九年十月十一日

過橋米線

雞湯米線過橋暖，裊裊清香秀彩歌。
一曲神韻千載響，五洲遍地有人和。

【七絕】二〇〇一年十一月一日

包漿豆腐

人生焦與嫩，內外有靈活。
豆腐一身露，虛實各斟酌。
四棱八角趣，酸甜苦辣多。
每每秀真情，奸人自悲歌。

【五律】二〇一二年四月十八日

涼拌豌豆粉

豌豆色驚黃，靈魂味調香。
一勺油辣子，神采更飛揚。

【五絕】二〇一〇年十月九日

大理扇乳

蒼山洱海，乳霧雲香。竹竿凜凜，依街沿巷。
酸湯玉乳，絲絲情長。春秋樓下，喜淚蒼涼。
乳扇翩翩，甜茶思量。夾砂精肴，入口思娘。
玫瑰燒烤，峻嶺通暢。四海賓客，一品誠惶。

【四言詩】二〇一〇年十一月五日

貴州小吃

腸
旺
麵

當街肉市排兩行，兩家麵館雁各翔。
一碗辣香腸血嫩，半桌鴨潤脆麵香。
百年徯徑終寬道，千里弱溪匯大江。
古屋雕零人不見，但看熱麵滿城鄉。

【七律】二○一一年八月二十二日

老
城
烙
鍋

涼都盤水小吃城，雜燴烙鍋最有情。
肉眼菜須爭亮眼，不覺山上又吹笙。

【七絕】二○一○年十月四日

鍋烙豆腐珧柱

金輝瑤柱路八千，瀚海獨眠兩殼安。
誰知雲開初晴日，便臥肴膳白玉甎。

【七絕】二〇一九年十一月三日

片雞粉

貴陽街面走，不覺已斷腸。
天寒燙米粉，淡月煲雞湯。
心隨胡椒辣，步追蔥花香。
合一三鮮貴，素樸是故鄉。

【五律】二〇〇四年四月十一日

糕粑稀飯

米粉黃香美，藕風伴碎稠。
玫瑰蜂蜜浸，不畏風雨秋。

【五絕】二〇〇三年三月五日

貴州絲娃娃

五色嫩蔬鮮，繼袱菊花簪。
不爲配兩鬢，竟開小街攤。

【五絕】一九九四年四月二十八日

怪嚕飯

黔西山麗，黔東水妖。遠城邊郡，竟有內豪。
怪嚕炒飯，惠廣周僑。七葷八素，五色三嬌。
遙山夢絕，志滿鴻遭。麻辣酸咸，人生之道。
街邊一碗，坎坷冰消。淒風漸暖，還看今朝。

【四言詩】二〇一九年十月六日

重慶小吃

重慶怪味胡豆

節比鱗次淨高閣，串串紅燈伴月歌。
香豆碟碟順心路，雜陳脈脈送流河。
甜鹹麻辣鮮入口，樂怒哀喜親上桌。
小豆一碟新會調，人生百路妙曲多。

【七律】二〇一四年四月十八日

賴桃酥

風山春色伴香巡，一路瀟灑一路吟。
香潤欲舉雲上賴，金黃新麵脂麻仁。
酥鬆素細金聖智，無膩香甜月彈琴。
知性小食隨口過，人間再有好知音。

【七律】一九九七年六月六日

土沱麻餅

八半土沱餅，七夕對聖賢。
豐盈麵飽滿，晶黃麻蹁躚。
麻籽玫瑰俏，果仁棗泥粘。
皮薄酥香脆，一口心理甜。

【五律】一九九六年九月七日

雞汁鍋貼

肉餡雞汁拌，鍋貼潤腎脾。
野風驅寒霧，月白筷作揖。

【五絕】一九九六年七月十二日

重慶小麵

紅湯漫麻油，白絲潤五丘。
三碗才出汗，回首紅臉猴。

【五絕】一九九五年十一月二日

重慶酸辣粉

六朝江風，山色分明。麻辣勁粉，攬訴人生。
人生曲折，歲月艱辛。麻辣酸爽，歷練紛紜。
勁道彈牙，不屈精神。汗氣熏熏，磨礪春臨。
濃油重色，川渝常心。無畏山高，一覽無塵。

【四言詩】一九九四年十月十日

四川小吃

夫妻肺片

滿街擔販競悠揚，婉轉諧聲伴玉湯。
田政朝華隨客意，鄉間城邑入衷腸。
夫妻搭檔謀山水，鳳凰丹心任暖涼。
蜀水巴山戀舊憶，肺片無肺更留香。

【七律】二〇一八年三月二十四日

擔擔麵

巡街擔擔自多情，綠葉紅湯麵相重。
包包小販聞雞唱，自貢橋頭幾度行？
紅油麻醬川冬菜，蒜末蔥花豌豆青。
最是花椒油一潑，條條玉縷透心靈。

【七律】二〇〇〇年四月二十七日

鐘水餃

細雨濛濛無遠影，錦城踏路入繁華。
人聲嚷嚷爭相入，霧氣騰騰欲先抓。
素餃玲瓏不漏色，肉心甜咸藏辣媽。
少白荔巷包千古，歲歲湯餃伴月花。

【七律】一九九五年九月二十九日

龍抄手

獨上險峰萬景疇，東西餛飩各風流。
蓉城百里龍抄手，南北八郡餛飩侯。
嫩餡香香香醉口，薄皮皺皺皺如綢。
原湯乳白慢火煨，古風煙裏寫春秋。

【七律】一九九三年八月十八日

川北涼粉

蜀漢尋緣自大江，千年佳話已蒼茫。
酸滑辣爽呈粉墨，美玉紛紛落饑腸。

【七絕】一九九五年五月十三日

賴湯圓

湯圓驚裸玉無瑕，甜香軟糯入萬家。
破渾粘膩不相顧，自有元鑫寫光華。

【七絕】一九九九年九月十六日

老隍城傳統鍋魁

彭州軍樂鎮，鍋魁滿地香。
風味分八樣，特色各九章。
雞絲比肺片，牛肉笑素芳。
欲找新處去，轉身老城隍。

【五律】一九九七年四月十五日

蛋烘糕

石室出奇俏，烘糕競九尊。
蛋香金燦燦，酥脆美紛紛。
八寶芝麻餡，火腿芽菜芯。
走街串巷起，魂香散紫宸。

【五律】一九九八年十一月二日

三合泥

流景落天涯，香甜憶千家。
三合慰寒夜，四曲奏紅霞。
糯香春熙口，醉倒五梅花。
錦裏文殊坊，還有老東家。

【五律】一九九八年七月二十四日

宜賓糟蛋

糟蛋自竹君，妙溢滿乾坤。
十餘精工技，敘府有能人。

【五絕】二〇〇九年二月十九日

小炒豆干

尾尾細若綿，紅綠泛雛闌。
天意憐芳草，香乾伴流連。

【五絕】二〇一二年四月二十六日

席涼粉

晶晶玉條，散落橙黃。翩然翠綠，半沒紅湯。
滑潤悠悠，酸辣醉喉。酥麻吹嘴，神迷魂盲。
崎嶇坎坷，握手綿陽。山北花開，川蜀飄香。
赤日炎炎，席粉涼涼。小吃一碗，撫慰心腸。

【四言詩】二〇〇二年七月十九日

雜糧醪糟

雜糧各異，淨樂甜曲。玉米芽胚，各色麥米。
白糯青稞，清火慢襲。壇口精封，環流熱閉。
酵巢成雋，香滿梁居。幽冷閑存，慢品如衢。
餐之重劑，主副兼律。千秋萬載，惠民安居。

【四言詩】二〇一六年八月十七日

張飛牛肉

水繞三方，山圍四面。千年古城，閬苑仙壇。
保乾牛肉，歷代紅顏。黑面赤心，張飛茹璨。
肉細紋密，適口鹹淡。絲縷松針，柔潤靜軟。
咀嚼品味，如醉如仙。伴酒靈姑，馨童佐餐。

【四言詩】一九九九年七月六日

廣西小吃

大肉粽

橫縣花香催玉米，獨逢如枕話長歌。
大紋柊葉成雙對，雪白糯米潤香河。
綠豆脫皮接後主，五花腩肉看香核。
層層大綁熬經久，花開寺院不見佛。

【七律】二〇〇二年六月五日

桂林馬肉粉

辣滷醬醃聽古韻，精調馬肉美香魂。
細圓絲縷臥瑪瑙，乾爽松滑美煞人。

【七絕】一九九八年十月八日

炒米糖

米花潤黃漿，枝連葉掛霜。
百年食坊技，一燈夜店忙。
香芯半月影，玉林幾爐香？
米花糖千歲，代代少兒狂。

【五律】二〇〇三年五月一日

柳州螺螄粉

螺螄暖過秋，玉粉配八洲。
縱觀十裏客，揮汗笑忘憂。

【五絕】二〇〇三年四月十一日

五色糯米飯

黃花驟放，楓葉清涼。紅藍線草，紫藤染墙。
五色崢嶸，各取一章。壯家苗寨，企盼吉祥。
清明時節，阡陌飄香。青精久遠，祖牌神彰。
蓬籠初掀，精彩透亮。各路色祖，壯骨益梁。

【四言詩】二〇一六年六月二十一日

酸
嘢

春山濕霾，濘塘澤瀟。桂雨瀝瀝，山野柳潮。
蔬果酸嘢，水陸逍遙。祛濕順意，興神口嬌。
百蔬大盆，各色微調。曆果封醃，摯友良宵。
欲辣還甜，酸辟周遭。各尋其味，勝似天驕。

【四言詩】二〇一四年四月二十四日

玉
林
牛
巴

玉林聖地，銜美攜韻。山景巍巍，郁流江純。
晨暮牛沒，坡草茵茵。牛巴世絕，半透紅潤。
晶亮鮮香，爽口不韌。甜鹹有致，片片軟嫩。
芝麻花生，隨口諧音。八百年前，謝祖精存。

【四言詩】二〇一〇年六月十一日

湖北小吃

黃石港餅

黃石港餅緣合意，龍鳳雙喜壁麻香。
爽口松酥君大喜，順氣開胃民吉祥。
娶媳招婿排金筒，節慶宴歡禮成行。
商賈雲來人如鯽，港餅四腳踏八鄉。

【七律】二〇一九年九月三日

啤酒鴨

啤酒攜侶烹成菜，一片山崖伴秋香。
君問歸期何時至，慢嚼笑臉語未詳。

【七絕】二〇一七年四月二十二日

武漢三鮮豆皮

綠豆米白漿，葛根靜做梁。
糯利誠臥底，蛋皮滿黃墻。
筍碎配香菌，蔥花拌肉瓤。
豆干榨菜笑，不見滿街黃。

【五律】一九九四年七月五日

楚味鴨頸

香沁鴨脖道，杯酌近幾分。
色香賢雅趣，楚楚見珍魂。

【五絕】二〇〇二年三月九日

麵窩

社會賢達，銷聲匿跡。百工之人，競爲翹楚。
達官貴人，沒入荒塚。烘餅粗夫，造福千古。
麵窩巧智，酥軟各佔，本味珍貴，萬家長廚。
黃豆滋粑，椒鹽麻拂。百變紛紛，智仁探路。

【四言詩】二〇〇一年三月二十日

熱乾麵

無心插柳，柳蔭成行。李包之過，八方呈祥，
極簡之師，決萬食殤。口感滑順，品味精良。
油漫絲縧，蔥薑麻醬。欲辣思辛，酷腕吟鄉。
食客大眾，撒遍町洋。異稟小餐，耀耀榮光。

【四言詩】一九九三年二月二十一日

新疆小吃

努克特

鷹嘴豆糜香蛋畔，酸湯辣子倍覺親。
尋風千里追知己，誰料精靈小巷深。

【七絕】二○○二年七月二十七日

油塔子

螺旋白塔騰雲去，一屜香風半影來。
白娟薄薄成淺葉，黃縧扯扯咧瓣歪。
伊犂花卷盼佳色，喀什羊油半入懷。
小菜清湯千秋過，送我鵬程天路開。

【七律】二○一八年三月二十六日

拉條子

紅湯曼翠玉白漂，凜凜斑斕淨飧肴。
盤大托來萬重媚，隨香初見半世豪。

【七絕】二〇一七年八月二十九日

油香

阿訇不來不動鍋，先人爲主伴承托。
香風一抹傳千里，卻是穆聖入世歌。

【七絕】二〇〇九年四月十二日

烤羊肉串

含情街巷周，幾處碳香籌。
月攏羊珠夜，雲通絲路舟。
順驚異域情，嘆奇世間愁。
幾箸孜然味，潸然熱淚流。

【五律】一九九三年五月十七日

米腸子

八料送米腸，透滋麵肺香。
和田月色好，夜市左右忙。

【五絕】二〇〇三年九月四日

冬拜吉乾

疆南疆北，鐵馬秋風。喀什伊犁，超凡入聖。
美食美景，秀外慧中。冬拜吉乾，油包肝簦。
一簾星夜，貴客入蓬。雪花羊肝，五味相擁。
排座有序，禮儀靈鍾。香脣不忘，千古文明。

【四言詩】二〇一五年二月二十五日

新疆手抓飯

斑斕六色，山落秋清。虹彩厚盤，霧彩華盈。
奇凜凸峻，含香蝸櫻。珠白染彩，葷素橫宮。
賢客貴友，箏鼓齊鳴。歌舞婉樂，佳餚同行。
黃蘿孜然，牛肉洋蔥。豪爽之氣，歲老祥風。

【四言詩】二〇一一年四月十一日

青海小吃

焜鍋饃饃

雪山托月作家燈，熠熠焜鍋笑未驚。
黃脆晶香盤根老，白芯軟嫩扯雲清。
無為訪客來青海，偏愛曲連自河東。
饃餅猶知真性至，真誠素樸情意濃。

【七律】一九九五年七月十七日

尕爾麵

銅鍋木碗走山鄉，石舉三坨樹做牆。
尕片花開驚落日，野風湖畔也芬芳。

【七絕】二〇一八年三月八日

筷
子
肉
團

湛湛北江急，羊筏走東西。
肉糜自有味，胃皮作香衣。
匇圇歸鄉喜，朦朧覺天低。
幾壺家鄉酒，肉團愛如妻。

【五律】二〇一一年十二月七日

臘
八
麥
仁

冰臼石杵響，五彩肉鍋香。
麥米成葷煮。一舞龍飛揚。

【五絕】一九九九年三元二十九日

羊
筋
菜

山澗岩下，艷花清靈。雲嶺峰上，曉鷹翻騰。
羊筋纖韌，細水多情。八幡菜譜，麗麗清清。
紅潤晶黃，醒目雍容。碎白閃爍，醬沉厚重。
青海秋華，千古成行。羊筋八腦，民俗餐風。

【四言詩】二〇〇一年三月二十二日

甜醅

燕麥穗短，青稞毛長。紋紋細米，一股溝香。
精煮瀝冷，甜曲橫疆。菌蟲識趣，屆時芬芳。
冬暖壯身，夏爽心涼。醅甘汁濃，萬家吉祥。
麥粒如雪，粒粒柔腸。清清青海，美美甜殤。

【四言詩】二〇〇二年十月十二日

寧夏小吃

炒糊餑

賀蘭山下出仙果，塞北江南育聖靈。
交拌三絲垂厚味，一炒糊餑伴神行。
家常裡短隨心宴，養兒育女伴月明。
香辣鹹淡千百歲，長河歷歷笑悲風。

【七律】二〇一九年三月二十七日

洋芋疙瘩子

洋芋疙瘩子多情，五湖四海塵中行。
西吉洋芋花千里，大山人家笑聲隆。

【七絕】二〇〇二年七月二十六日

中衛蒿籽麵

蒿籽細絲麵，衛寧牽夢魂。
中堂壽誕意，下轎戀情深。
百代宮廷宴，千年西北炊。
感心動天地，天涯共古今。

【五律】二〇〇三年四月二十四日

燴小吃

中衛香雜燴，清瑩有素湯。
欲當神仙佬，舉步入寧鄉。

【五絕】二〇〇三年七月十一日

大武口涼皮

石嘴山翹，大武口笑，涼皮棚滿，男女生叫。
淨白涼皮，粉嫩透嬌。翠絲細縷，紅油輕佻。
淑女無樣，紳士失豪。紅唇情慰，汗馬斯濤。
兒童銜趣，老叟須高。家鄉一曲，終生味道。

【四言詩】二〇〇六年三月九日

粉湯水餃

木耳菠菜，涼粉萱草。番茄薯片，羊肉水餃。
蔥薑蒜醋，清油花椒。繽紛五色，饒趣情高。
聲雨別秋，混湯素巢。迎風揮汗，伴月九霄。
羊肉牽神，百味通竅。靈粉彈彈，苦楚煙消。

【四言詩】一九九九年七月八日

老毛手抓

賀蘭山麓，清寧水西。團團雲滾，羊場兀奇。
羊食甘草，山麻黃暨。羯羊青壯，肉鮮味細。
遠祖秘方，油而不膩。香醇適口，老少鹹宜。
補虛壯陽，益血行氣。蒜香絲縷，千古豪氣。

【四言詩】二〇〇一年一月二十七日

甘肅小吃

瓤皮子

胡麻漫抹薄皮辣，隴北甘南人未稀。
瓤皮玉條催月影，陌堂矮凳解征衣。
不知遠近他鄉暖，回首酸辣芥末泥。
爽透提神千秋味，一縷白條笑關西。

【七律】二〇〇八年三月十六日

百合桃

西王母望穆王心，借引蟠桃宴淚深。
百合花開甜沙餡，青梅細片綠鄉音。
山楂酸蒂孤山夢，淋芡甜蓬凌霄圖。
百合桃花千萬朵，人間天上愛共存。

【七律】二〇一三年四月十五日

燒鍋子

永登居裏話香符，煨火燒鍋泛黃珠。
外脆內喧心裏愛，嬌饜花艷滿平都。

【七絕】二〇一九年十月十二日

華庭糝飯

新餡慢煮滿屋香，自古華庭有滄桑。
偏愛淩晨冬日暖，亂糝粥裏美一方。

【七絕】二〇一九年九月十九日

黃麵魚魚

隴上入平涼，秋懷玉米香。
八鍋熬粉黛，百網漏魚漿。
黃麵響入水，撥魚文做章。
烹飪由心意，滑潤上天堂。

【五律】二〇〇八年四月十五日

酥圈圈

黃脆盈空月，酥圈萬戶留。
素樸麵點美，豪艷海鮮愁。
輕焦醉天水，淡甜笑五洲。
先祖王明玖，一手劃圈侯。

【五律】二〇〇二年六月十日

糊鍋

糊鍋自酒泉，湯料配八仙。
歷久終難忘，無奈眺烽煙。

【五絕】二〇一九年一月十九日

大地麻腐餅

絲綢之路，麻子晶黃。秦安會寧，渭源慶陽。
掩扉但見，果豆形彰。麻子磨粉，譽腐味香。
七巧入味，漫裹薄張。大地灣古，遺產芬芳。
麻餅半圓，兩面澄煌。一碟蒜泥，便做皇上。

【四言詩】二〇一九年五月二十四日

漿水麵

王煊揚言，漿水胃和，隴上風塵，酸湯怡說。
漢祖劉邦，攜相蕭何。酸辣創見，故事多多。
夏日乾熱，消暑漿鍋。芥菜斯芹，曲曲芽揀。
酸湯怡體，香辣人河，大快朵頤，紅油鄉歌。

【四言詩】一九九九年七月二十一日

羊肉墊卷子

祁連山壯，胭脂山美。綿羊羔肉，菜籽清油。
河西特色，至省所求。邀我入室，墊卷邂逅。
屠羔無奈，水草荒流。羔肉烹炒，薄寸同謀。
綠葉紅花，麵軟羔熟。豪放牧者，一葉知秋。

【四言詩】二〇一七年三月三十日

西藏小吃

酥酪糕

金寺巍峨山至偉，牛羊半落藏人忙。
奶香濃更添酥美，參果高寒也潤腸。
遠影孤蓬新月色，香雲聚眾舊氈房。
新朋舊友真情誼，一捧酥酪送吉祥。

【七律】二〇一九年四月二十一日

藏麵

幾曲白蛇盤靜水，牛湯清澈藏原香。
肉丁蘿蔔成知己，辣醬鹽巴繪肉湯。
殷殷淡淡數蔥花，實實在在想家鄉。
犛牛千里凝鮮味，藏麵一碗暖衷腸。

【七律】二〇一八年八有十五日

普蘭夏河蹄筋

勁蹄踏破山南雪，五百年前入饌肴。
色如琥珀形似金，含漿膏潤一口消。

【七絕】二〇一九年八月二十一日

糌粑

糌粑一攝思瑤夢，千里顛簸陋室憔。
大碗酥油情滿溢，未識主客爲哪遭？

【七絕】一九九三年三月三日

酥油茶

酥油百里香，茶水沁心腸。
巷門遠客笑，階台月色蒼。
一杯暖六腑，五味入三腔。
香餘厚茗沉，滿滿永留芳。

【五律】二〇一〇年二月十八日

奶渣包子

細蕊花間蜜，流連奶渣酸。
獨上犛牛嶺，再品藏包顏。

【五絕】二〇一三年十一月七日

羊血腸

藏鄉喜豐年，細雨屠羊天。
調味羊腸血，香香滿聖壇。

【五絕】二〇一九年十月二十三日

炸灌肺

《夢粱錄》載，「香辣灌肺」。「武林舊事」，細說
操盤。
宋元子集，詳述配宴。藏人洛乍，外脆裏軟。
清涼開胃，食而不厭。先配酥油，再裹白麵。
欲炸先煮，淡褐嬌艷。八方配位，伴酒蹣跚。

【四言詩】二〇一三年五月十八日

香寨

碧雲收祥，氆房繁忙。友人相顧，踏草依霜。
灶下糞火，無煙綠黃。羊肉燜熟，土豆小方。
咖喱過油，胡椒丁香。藏寇澆拌，白米融漾。
咖喱拌飯，藏家飄香。若遇蒜泥，又開天窗。

【四言詩】二〇一一年四月二十四日

吉林小吃

朝鮮冷麵

赤日人行街面少，朝鮮酒店案頭忙。
一盤冷麵吹喜色，四股人流會饑腸。
筋道清湯冰果偎，脆甜泡菜辣油釀。
黃瓜絲翠攜紅醬，同奏一曲醉鴛鴦。

【七律】二〇一〇年四月二十二日

什錦田雞油

三江玉液描詩畫，醉美什錦月下吟。
遙看紅湯翻肴果，田雞油裏故人心。

【七絕】二〇一一年八月十七日

小吃

273

打糕

打糕三月風，祭祀拜神靈。
百煉千錘至，丹心照月明。
米糯豆粉媚，棗泥桂花情。
坐看青江曲，長夜謝祖宗。

【五律】二〇一九年九月二十三日

脆皮參茸球

參茸自野丘，神草萬人謀。
黃脆甜香果，舒綿定神舟。
藥食通源理，草木共情羞。
脆皮生兒趣，筵庭自當求。

【五律】二〇〇九年十一月七日

筷筷火勺

黃麵金皮脆，牛肉拌蔥薑。
叉子催香道，餐桌老少忙。

【五絕】二〇一九年十月九日

延邊魚香泡菜

山林素裹，和煙斜長。小康秋歎，泡菜壇荒。
大餐小宴，酸辣清涼。幾疊白菜，乾絲協煌。
一把涼麵，些許黃薑。蒜蓉嬌由，慢滲魚湯。
七天之後，一波芳香。年年歲歲，偎我城鄉。

【四言詩】二〇一九年十一月十二日

煎粉

混湯泛華，晶玉琅琊。幾葉翠綠，數點黃花。
煎炒燜子，大城小趣，經口各異，清韌乳滑。
綠豆澱粉，形色為佳。烹飪配料，各異人家。
小吃閑趣，喜口歡牙。無論冬秋，「福我桑麻」

【四言詩】二〇一七年一月十二日

黑龍江小吃

齊齊哈爾烤肉

鶴城大雪晝渺然，拌肉八方烤鍋鮮。
漓肉多重出彩地，紅影幾束映藍天。
酒中溢滿松嫩志，油漫人心三江緣。
東北豪情尤在道，山南放馬又一川。

【七律】二〇一二年十月三日

雞西辣菜

雞西冷麵辣香雲，疾雨懷秋潤重深。
百類戚戚融貴味，穆棱河畔又青春。

【七絕】二〇〇二年九月二十八日

哈爾濱紅腸

紅腸似果卷，落影滿冬城。
蜂戀花心舞，客隨秋林行。
誠心織善道，鮮品入畫屏。
享譽隨風走，哈爾濱成名。

【五律】二〇一〇年五月五日

克東腐乳

微球新釀造，香飄玉樓前。
同是紅腐乳，梅香面不粘。

【五絕】二〇一五年三月二十七日

黃米切糕

黃米裹甜鮮，方方豆色斑。
三嬌睡兩雲，頻添嘴舌饞。

【五絕】二〇一五年十月十八日

玫瑰酥餅

春水牡丹，江岸漣漪。一曲田畝，九分山巒。
智創玫餅，酥軟甜綿。香色中庭，堂佐形煊。
入夜年近，催燈夜乾。水油麵香，蠟淚珠漣。
烹烤嬌黃，香溢凍天。節年假日，雪城斑斕。

【四言詩】二〇〇〇年八月二十六日

金絲棗糕

宮廷禦點，尊貴爲先。十大名糕，金絲棗蓮。
紅褐熠熠，棗香撫簾。甜抿入心，快意贏天。
龍江秋色，雁歸萍潭。滿人嘉慶，二百年前。
偏鄉舊裏，偶有炊煙，棗糕芳芳，終成聖宴。

【四言詩】二〇〇〇年四月七日

香港、澳門小吃

牛耳仔

牛耳誓盟傳仔餅，春秋禮記報福桃。
旋香片片融奶味，輪色尖尖過愛橋。
薄脆芬芳憑底蘊，甜鹹翹酥暖寒宵。
芝麻南乳匯眾趣，小舍花開世界豪。

【七律】二〇〇二年三月一日

鳳凰卷

金黃蛋捲半抹黑，海菜含香落翠微。
隴上茅宅逢霜月，鳳凰一捧愛心歸。

【七絕】二〇一九年五月二十一日

澳門竹升麵

鴨香潤麵爽滑緣，壓打竹升玉線彈。
海味豬骨拼歲月，竹升麵裏醉雲天。

【七絕】二○○五年三月二十一日

港式奶茶芋圓

奶茶競相思，Q彈芋白時。
綿長茶味久，濃鬱果如絲。
淡奶黑白濃，初秋神仙日。
舊時隨夢去，奶茶總相知。

【五律】一九九四年九月十四日

香港雞蛋仔

街燈伴蛋香，縷縷蔚成行。
胖胖金圓鼓，陪我度滄桑。

【五絕】二○一五年六月二十一日

煲仔飯

煲仔柔漫，歲米香粘。排骨豆豉，臘味熏仙。
魚香肉碎，滑雞黃鱔。豬肝燒鵝，蘑菇牛腩。
八方料理，霜月除寒。美味簡潔，藝脾舒肝。
海風夜泊，尋煲上岸。忘愁漁歌，已享千年。

【四言詩】二〇一八年二月七日

魚蛋

雪球鮮美，紅白吉祥。冬泯秋色，肉尊魚糧。
刏圙入煲，上下漂湯。脆彈嫩滑，逸趣贏饗。
寒夢暖心，淡愁芬芳。魚蛋千載，滄海不荒。
各色包露，九味游梁。玉媚圓圓，刻骨銘香。

【四言詩】二〇一九年十二月一日

海南小吃

椰
子
糕

綿軟幽香地未蒼，椰糕亮海有家鄉。
雪白糯糯絲絲韌，濃鬱斑斑片片香。
汁下飄渺芭蕉意，籠裏七層蘭葉長。
輯汁煉乳添白妒，奶氣椰香喚斜陽。

【七律】二〇一九年七月十一日

秀
英
蟹
粥

蟹粥溢暖話天倫，黃淡洋中映愛唇。
一口鮮怡驚五地，詩意入魄醉入魂。

【七絕】二〇一九年八月十九日

椰絲糯米粑

米粉椰絲裹百味，花生麻籽配糖芯。
難得椰樹葉兒大，一線香粑半年春。

【七絕】二〇一九年十一月九日

海南雞飯

文昌雞飯爽，雨過夏田疇。
小綠有新葉，胖雉消淡愁。
蔥椒分列式，瓜柿盡風流。
白米隨春夢，人生欲何求？

【五律】二〇一八年二月二十一日

海南粉

米粉世間滑，海南品益佳。
蚌湯成才色，寶島更年華。

【五絕】二〇一八年五月五日

海南清補涼

瓊州一覽，尤戀驕陽。千年故趣，欲飲清涼。
綠豆紅彌，芋樸椰香。應季蛋果，棗紅粉浜。
五彩斑斕，軟嫩園方。美容潤喉，清熱舒腸。
清涼大補，清月淡蒼。千年故趣，寶島金鄉。

【四言詩】二〇一九年九月二十九日

陵水酸粉

陵水河山，黎苗漢連。智慧小吃，酸粉優然。
酸辣漿湯，韭菜牛乾。幾條魚片，些許香蟾。
雙鬢已白，歸去黎安。一缽酸粉，遙思當年。
湯飄翠葉，沙蟲斑斑。大快朵頤，再無遺憾。

【四言詩】二〇一七年三月十二月二十二日

臺灣小吃

蚵仔煎

成功鹿耳順西蠔，蚵仔煎鍋兩面焦。
雞蛋青蔥鹹牡蠣，黃潭白肉攬絲縧。
屏東嘉義含秋曲，潮汕泉州媚春謠。
玉露翠紅成詩畫，小碟一舉人如潮。

【七律】二〇〇二年四月二十日

焢肉飯

二月花香醬色紅，層層曉夢口中行。
辛勞滄海追落日，上岸歸家慰心靈。
一碗香香焢肉飯，半世深深兒女情。
托出滷蛋同心味，便撒紅綠生涯中。

【七律】一九九四年八月十日

擔仔麵

酒香肉燥蝦仁翹，泥蒜香芫豆芽嬌。
度小月下呈瑰麗，漁家面裏媚九霄。
南鄉升旺千般火，雜市路邊一擔挑。
清爽案頭花片落，錦山秀水筷相交。

【七律】二○一七年九月十九日

臺灣魚丸

白珠紅玉同心繞，兩嫩異香各自嬌。
百味花蓮香不住，滑爽千里配佳餚。

【七絕】二○一三年六月二十一日

天婦羅

魚蝦菊葉筍蘆香，毛豆南瓜貝螺張。
塗上乾汁從油浴，便是天婦幔羅煌。

【七絕】一九九八年十月二日

蟹籽仙桃

蟹籽仙桃自神靈，蔥花薑絲耍鄉情。
不知何人獨創意，撒滿南北去東瀛。

【七絕】一九九八年五月五日

彰化肉圓

晶明半透秀嬌窈。甘薯再來暗過橋。
芯肉未知添何趣，要問吳家許水桃。

【七絕】二〇一七年六月十一日

蜜豆冰

辛發亭落影，清爽淡愁消。
五彩香球立，三江內腑搖。
浮雲聽俗曲，陳溪自吹簫。
磊落身邊事，羞羞紅豆澆。

【五律】二〇一九年三月十三日

虱目魚肚湯

虱目國魚好，方驚門外人。
姜絲三分細，胡粉一錢勻。
九塔添少許，米酒沽半斟。
豆腐捧月色，魚肚送新春。

【五律】二〇一八年八月二十一日

米苔目

米脆薯香吟，新條畫海魂。
蜜糖甜催欲，烏醋笑中饟。
封蒜豬油香，咖喱什錦新。
金瓜綠豆美，一片故鄉雲。

【五律】二〇一八年六月四日

魚羹

魚羹鮮色盡，紅花綠葉驕。
素葷爭配伍，碗粿做蟠桃。

【五絕】二〇一一年五月二十九日

鳳梨酥

旺旺子孫來，千年禮餅開。
顔瓶隨手擲，甜美鳳梨徊。

【五絕】二〇一二年七月十日

滷肉飯

明月照攤前，異香出棚簾。
熙熙人群裏，掙搶滷肉飯。

【五絕】二〇〇九年四月四日

棺材板

酥香六面黃，葷素脆中鑲。
晨曲江邊奏，和聲滿山梁。

【五絕】二〇一八年九月九日

珍珠奶茶

黝黝嫩珠，暖暖茶湯。綿長暗去，寓意沉長。
情藴孤魅，獨語陳殤。紅黃綠赭，各取雲裳。
仙男妙女，情趣衷腸。或許漫雪，或許月涼。
或許情愛，或許果香。一曲相對，共勉路長。

【四言詩】二〇一九年十二月十二日

鰻魚飯

東臨故島，傳鰻施嘗。淨海奇鮮，濃醬情殤。
島民風情，世代痕蒼，今融四海，玉宇宏揚。
甜鹹澆飯，苦樂伴彰。江戶時代，夏夜煙香。
士林夜市，人影煌煌，鰻魚蓋飯，無雙榮光。

【四言詩】二〇一九年十二月十八日

生煎包

永康生煎，上海遺蘭。歲晚盡力，情癡依然。
包獻九花，肉圓八仙。老酒淳厚，老麵未閑。
流水席畔，靚女少男。泛舟人世，長揖謝天。
下焦上嫩，汁濃餡饞。秀巧白胖，喜淚漣漣。

【四言詩】二〇一九年十月三日

阿宗麵線

麵線筋韌，當屬阿宗。西門町下，落腳生平。
殷勤敬業，滷汁登靈。特製辣醬，勁爆叔翁。
現磨現做，巧取精縷。腸脂凝香，柴魚春風。
湯色美艷，芫荽爭情。一碗湯麵，無限激情。

【四言詩】二〇一九年四月二十日

生炒花枝

白玉如枝，紅椒羞蒂。翠葉煒煒，嫩絲倦意。
胡蘿騎薑，秋葵妙筆。散枝開花，紅顏如泣。
淡淡清湯，承載厚律。關山致遠，鄉水如碧。
妙芝生花，饗眾饋曆。深謝墨斗，餐宴瑰麗。

【四言詩】二〇一九年十二月二十三日

國家圖書館出版品預行編目

中華美食詩詞集. 下冊, 主食與小吃 / 鳳麟著. -
- 臺北市：獵海人, 2020.03
　　面；　公分
　ISBN 978-986-98841-0-5(平裝)

851.486　　　　　　　　　　109002574

中華美食詩詞集（下冊）

作　　者／鳳麟
出版策劃／獵海人
製作銷售／秀威資訊科技股份有限公司
　　　　　114 台北市內湖區瑞光路76巷69號2樓
　　　　　電話：+886-2-2796-3638
　　　　　傳真：+886-2-2796-1377
網路訂購／秀威書店：https://store.showwe.tw
　　　　　博客來網路書店：http://www.books.com.tw
　　　　　三民網路書店：http://www.m.sanmin.com.tw
　　　　　金石堂網路書店：http://www.kingstone.com.tw
　　　　　讀冊生活：http://www.taaze.tw

出版日期／2020年3月
定　　價／360元